Blunk ☞ Memi

Manfred Blunk

Memi

Kindheitserinnerungen
an

Korswandt

© Manfred Blunk, Berlin 2009/2016
Alle rechte vorbehalten
Herstellung und Verlag:
BoD – Books on Demand, Norderstedt
ISBN 978-3-8391-0393-7
7,90 €

Dem

Vorfahr

zur

Ehr,

dem

Nachfahr

zur

Lehr.

Pommern 1937

Kreis Usedom Wollin

Korswandt – auf Usedom in Pommern –

nennt man das Dorf zwischen Gothen- und Wolgastsee seit 1709 (Manfred Niemeyer, Uni Greifswald, Beiträge zur Ortsnamenkunde). Der Ortsname schrieb sich jedoch bis 1937 mit C statt mit K. Auf den Ortsschildern stand aber auch nach dem letzten Krieg noch Corswandt mit C. Die Pommernkarte des Rostocker Professors Eilhard Lubin von 1618 (Uni Greifswald) weist den Ort als Coswantz aus. Doch Korswandt hat schon an die achthundert Jahre auf dem Buckel. Als Szutoswantz wurde die Ortschaft bereits 1243 erwähnt (M. Niemeyer). Der Name deutet wie viele andere Ortsnamen der Inseln Usedom und Wollin auf eine slawische Vergangenheit hin. Vor den Slawen waren aber schon die Germanen da, vielleicht auch in Szutoswantz.

Im Dreißigjährigen Krieg hat Pommern ein Drittel seiner Bevölkerung verloren. Da werden vielleicht auch die Leute in Korswandt gesungen haben:

Maikäfer, flieg!
Dein Vater ist im Krieg,
die Mutter ist im Pommerland,
Pommerland ist abgebrannt.
Maikäfer, flieg!

Der Westfälische Frieden 1648 bescherte Vorpommern eine siebzig Jahre während schwedische Besatzung, die erst nach dem Nordischen Krieg beendet wurde. Beim Frieden von Stockholm 1719/20 erhielt Preußen Stettin sowie die Inseln Usedom und Wollin. Nach dem langen Krieg und den Kriegen danach lagen die Inseln danieder; wüst das Land und leer so manche Kate. Doch den Preußenherrschern lag zu der Zeit das Wohlergehen von Land und Leuten durchaus am Herzen. So ließ Friedrich II. höchst selbst 1774 unweit von Korswandt ins Thurbruch hinein das Kolonistendorf Ulrichshorst anlegen. Eine pfeilgerade Dorfstraße, an einer Seite die Häuser, an der anderen die Gärten, preußisch akkurat eben. Langsam kam das geschundene Land wieder auf die Beine.

Aber die Ulrichshorster konnten ihre Felder grade mal drei Jahrzehnte lang in Frieden bestellen, dann begab sich Monsieur Napoleon auf einen waghalsigen Eroberungstrip durch halb Europa. Eine meiner Vormütter in Ulrichshorst musste anspannen und für die einquartierten französischen Soldaten aus Swinemünde Bier holen.

Nach den Befreiungskriegen ließ sich das neunzehnte Jahrhundert – wenigstens für die Inseln – etwas friedlicher an. Handel und Wandel und das bald aufblühende Bäderwesen bescherten nicht nur den Küstenbewohnern, sondern auch den Menschen in Korswandt einen bescheidenen Wohlstand.

Dorfteil von Korswandt mit See, Idyll, Sandberg, Schule,
Schlößers Scheune und Landjahrlager in den 1930er Jahren

Ruderboote auf dem Wolgastsee, etwa 1930er Jahre.

Meine frühesten Erinnerungen sind Krüppelwörter. Sie entstanden, als ich sprechen lernte. Fatzelabe ist so ein Wort. Da war öfter vom schwarzen Raben die Rede, der schwarze Rabe, aus dem dann in meiner Babysprache der Fatzelabe geworden ist. Es werden wohl noch mehr Krüppelwörter entstanden sein bei meinen Sprechübungen, an die meisten kann ich mich aber nicht mehr erinnern.

In Berlin haben meine Eltern öfter in der Epa (Einheitspreis Aktiengesellschaft der Karstadt AG) eingekauft das einfache Wort konnte ich aussprechen, es passte zu meinen Krüppelwörten. Mich selbst nannte ich Memelunge. „Meme" kann ich nicht erklären, aber „lunge" sollte wohl „junge" heißen.

Als Kleinkind war ich ein Angsthase und musste alle nasenlang heulen. Darum wurde beim Wrangen (Ringen), wenn ich dabei war, festgelegt, wer zuerst heult, hat verloren. Ich gewann den Ringkampf, musste aber dummerweise heulen und – hatte verloren. Weil ich so ein weinerlicher Hasenfuß war, haben mich die anderen Kinder oft verspottet. Irgendjemand hat dann den Namen Memi erfunden. So bin ich zu meinem ersten Spitznamen gekommen.

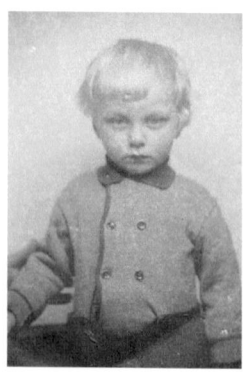

Memi

10

Eine andere Erinnerung hängt mit der Silberhochzeit meiner Großeltern, den Eltern meiner Mutter, zusammen. Damals war ich fast vier Jahre alt. Meine Mutter hatte im hinterpommerschen Belgard eine kleine Wohnung gemietet, um in der Nähe ihres Mannes zu sein, der als Zimmermann mit seiner Baufirma von einer Rüstungsbaustelle zur andern zog. Unter seinen Kollegen war Otto Blunk als Schürzenjäger bekannt und irgendwann hatte auch meine Mutter von dem weit verbreiteten Männerleiden meines Vaters Wind bekommen. Darum folgte sie ihm mit uns Kindern von Baustelle zu Baustelle. Doch 1937 wollten wir mit Oma und Opa in Korswandt Silberhochzeit feiern.

Obwohl Belgard von Ahlbeck nicht viel mehr als hundert Kilometer entfernt ist, wird die Bahnfahrt für meine Mutter mit zwei kleinen Kindern – meine Schwester Marlene war gerade zwei Jahre alt – doch etwas beschwerlich gewesen sein. Ich habe von der ganzen Reise überhaupt nichts mitbekommen. Nur einmal bin ich aufgewacht und habe staunend gesehen, wie die Telegrafenmasten am Abteilfenster vorüberhuschten. Und die vorbeihuschenden Telegrafenmasten sind mir noch lange in Erinnerung geblieben. Ähnlich war es mit der Silberhochzeit: davon weiß ich nichts. Aber es gab dort Zuckergusskuchen, an den ich noch oft gedacht habe, weil er mir so gut geschmeckt hat.

Das Silberpaar Martha, geborene Schünemann aus Ulrichshorst, und Karl Schmidt aus Korswandt hatte bald nach der Hochzeit sein Glück in Berlin-Neukölln versucht. Anfangs war dem Ehepaar das Glück auch hold, im September 1913 brachte der Storch Töchterchen Elfi. Aber schon ein Jahr später glaubte Kaiser Wilhelm II. seine Untertanen in den Krieg führen zu müssen, der angeblich wegen der Ermordung des österreichischen Thronfolgers begonnen worden war. Das Deutsche Reich verlor nicht nur den Krieg, sondern auch zwei Millionen Untertanen und – seinen Kaiser. Der Monarch war nach Holland entfleucht. Außerdem musste Deutschland etwa dreizehn Prozent seines Territoriums an Nachbarstaaten abtreten; davon war auch die schöne deutsche Ostseeküste betroffen.

Karl war mit einer leichten Verwundung aus dem Krieg heimgekehrt. Doch Glück und Glas, wie leicht bricht das. Er verlor seine Arbeit als Fleischer und an Marthas großen Traum – ein eigener Fleischerladen – war überhaupt nicht mehr zu denken. Kurz vor Weihnachten 1919 schaute der Klapperstorch noch mal vorbei und bescherte Elfi ein Brüderchen. Da war er nun endlich, Gerhard, der Stammhalter, den Karl sich so sehr gewünscht hatte. Das Leben in Berlin war aber nicht leicht nach dem verlorenen Krieg, die Leute hungerten. Als Martha für ihren kleinen Gerhard kaum noch Milch auftreiben konnte, beschlossen die Eheleute, nach Korswandt zurückzukehren.

Mein Großvater hatte von seinen Eltern dreißig Morgen Acker- und Weideland geerbt, damit ließ sich eine kleine Landwirtschaft betreiben. Doch Haus und Hof mussten her. Zunächst war die Familie bei Karls Schwester Klara Mundt untergekommen, deren Mann im Felde geblieben war. Mit einigen Handwerkern machte Karl sich daran, auf einem Feld am Ende des Dorfes, neben dem Fuhrweg, der durch den Wald am Krebssee vorbei nach Garz führt, Haus und Stallungen zu errichten.

Das ließ sich ganz gut an. Doch die zuerst schleichende und ab 1923 galoppierende Inflation hat das kleine Vermögen meiner sparsamen Großeltern genauso verschlungen, wie die kleinen Vermögen Millionen anderer kleiner Leute. Da musste Karl sich ganz schön drehen: Felder bestellen, Ernte einbringen, zwischendurch Schwein schlachten, Haus bauen – und Martha mit zwei kleinen Kindern konnte ihm auch nur hier und da bei der Feldarbeit helfen. Dennoch wuchsen Haus und Hof. Martha atmete auf, als sie endlich ins eigene Heim einziehen konnte, sie verstand sich nicht gut mit ihrer Schwägerin Klara. Aus Geldnot haben meine Großeltern sehr bescheiden gebaut und für das Hoftor hat mein Großvater sogar seinen goldenen Ehering verscherbelt.

Martha und Elfi in Berlin-Neukölln

Martha auf dem eigenen Hof; die Torpfosten stehen schon, das Tor fehlt noch.

Gerhard vor der Schule

Der Schmidtsche Bauernhof, Karls Geburtshaus

Haus und Hof von Karl und Martha, Geburtshaus von Manfred und Marlene.

Wir waren meinem Vater oft hinterhergereist, wohnten in Berlin, bei Familie Wilhelmi in Werneuchen, nordöstlich von Berlin, und vielleicht auch noch anderswo. Aber gegen Ende der 1930er Jahre war die Umzieherei vorbei und wir lebten wieder wie zuvor bei meinen Großeltern in Korswandt. Dort erinnerte mich ein weißer Wegweiser, der an der Straße nach Ahlbeck in der Nähe der Försterei stand, an ein Erlebnis in Berlin. Bei einem Spaziergang mit meinen Eltern sah ich, wie junge Männer ein schneeweißes Modellsegelflugzeug fliegen ließen, was mich ungeheuer beeindruckte. Und immer, wenn ich den strahlend weißen Wegweiser sah, kam mir das Segelflugzeug in den Sinn.

Mir gefiel es ganz gut bei Oma und Opa. Ihr Haus hatte vier Zimmer, einen Flur, eine Küche und neben der Küche, unter der Bodentreppe, eine klitzekleine Speisekammer. In der Hinterstube, an der Hofseite, schliefen meine Großeltern. Dort wurde an einem Tisch, der vor ihren Betten stand, auch gegessen. Das Vorderzimmer, zur Chaussee hin, war die gute Stube. Darin standen ein Kleiderschrank, ein Sofa mit Fransen, ein Tisch mit vier Stühlen, ein Vertiko, auf dem neben Bildern und Nippes der Silberhochzeitsschmuck lag, und zwischen den beiden Fenstern ein wunderschöner großer Spiegel. Außerdem stand in dem Zimmer noch ein einfaches, breites Bett, in dem mein Onkel Gerhard schlief. In den beiden Zimmern auf der anderen Gebäudeseite wohnten meine Eltern mit uns Kindern. Die vordere, größere Stube war unser Schlafzimmer, in dem neben den Schlafzimmermöbeln auch noch eine Couch und ein Tisch mit Korbsessel standen. Im hinteren, kleineren Raum stand das Esszimmer. Dort hielten wir uns nur selten auf, zumal der Raum keinen Ofen hatte.

Der Hof war etwa fünfzehn Meter breit und sechzehn Meter lang. Hinten wurde er von der Scheune mit Pferdestall, Kuhstall, Tenne und Stauräumen für Heu und Getreide begrenzt, an der Seite zum Garzer Weg vom Schweinestall und an der anderen Seite von einem Plumpsklo und einem sehr alten Schuppen, dessen Dach noch mit Schilfrohr gedeckt war. Den Rest des Hofes begrenzte ein Bretterzaun. Etwa in der Mitte des Hofes befand sich ein großer Mistberg. Vor der Feldbestellung wurden mit dem Mist die Äcker gedüngt. Gleich neben dem Mistberg stand die Pumpe und neben der Pumpe ein Apfelbaum. Unter diesem Apfelbaum habe ich im Kinderwagen gelegen. Etwas später hat mich dann mein Opa unterm Arm durch alle Ställe getragen; auch meine Oma war mir zu der Zeit schon sehr zugeneigt. Doch von all dem weiß ich nichts, das hat mir meine Mutter erzählt.

Ursprünglich war ich von meinen Großeltern nicht grade sehnlich erwartet worden. Im Gegenteil, Elfi bekam jedes Mal, wenn sie tanzen ging, zu hören: „Kumm mi bloß nich mit'n Jör no Hus!" (Komm mir bloß nicht mit'm Kind nach Hause!). Doch der Sonntagsnachmittagstanz im Idyll am Wolgastsee zog Backfische und Junggesellen der umliegenden Dörfer magisch an. Selbst in den Seebädern war das Idyll angesagt. So zogen auch Otto Blunk und sein Freund Erich Dröse aus dem Seebad Ahlbeck gen Korswandt. Elfi Otto sehn, Otto Elfi sehn – und es war geschehn. Nun war Otto im zarten Alter von zwanzig Jahren überhaupt nicht daran interessiert, irgendwelche Kinder in die Welt zu setzen, aber – ihm gefiel die Machart. Elfi hatte sich unsterblich in ihn verknallt. Na ja – und dann ... Also mindesten väterlicherseits bin ich kein Wunschkind.

Bei meiner Mutter wird das wohl anders gewesen sein, gut möglich, dass sie mich gewollt hat, so verliebt, wie sie war. Aber die strengen Eltern! Solange es ging, hat sie ihre Schwangerschaft verborgen, hat kaum was gegessen. Später, als nichts mehr zu verbergen war, hat sie mich nicht nur gegen die Vorwürfe ihrer Eltern verteidigt, sondern auch meinen flatterhaften Vater dazu bewegt, sie zu heiraten. Davon waren meine Großeltern nicht gerade entzückt, doch war das immer noch besser, als eine Tochter mit einem unehelichen Kind zu haben.

Bei Wilhelmis in Werneuchen, Manfred und Elfi (rechts).

Marlene vor der Scheune; linke Tür: Pferdestall, mittlere Tür: Kuhstall, rechts: Scheunentor. Das Huhn hat Enteneier ausgebrütet. Durch die Lüftungslöcher über den Türen flogen jedes Jahr die Schwalben zu ihrem Nest im Kuhstall.

Idyll am …

… Wolgastsee

Elfi und Otto hinterher am Strand in Ahlbeck: „Und du bist dir ganz sicher?"

Meine Mutter hatte sicherlich keine berauschende Kindheit. Sie musste früh ihren Eltern bei der Arbeit helfen und ihren kleinen Bruder bemuttern. Doch die Kinderzeit meines Vaters war noch belämmerter. Sein Vater Otto ist 1916 für Kaiser Volk und Vaterland in Belgien gefallen. Da musste meine Großmutter Else, geborene Vierguts, zusehen, wie sie mit der kargen Kriegerwitwenrente und zwei kleinen Kindern um die Runden kam. Wenigstens hatte sie ein zwar winziges, aber doch eigenes Haus. Etwas besser ging es ihr erst, als Otto seine Lehre beendet hatte und ein tüchtiger Zimmermann geworden war.

Otto senior vor seinem Boot am Strand von Ahlbeck

Otto, Anneliese und Else in Ahlbeck

Obermatrose Otto Blunk senior in der Nähe von Kiel

Sein Grab in Belgien

Anneliese und Otto am Wolgastsee

Eines Morgens – es kann auch Mittag gewesen sein, denn ich war als Kind ein Langschläfer – stand neben dem Bett ein nagelneues Dreirad. Ich hab mich gleich im Nachthemd draufgesetzt und – war glücklich. Gerhard hatte mir das Rad gekauft. Ich mochte ihn sehr, nicht nur wegen gelegentlicher Geschenke. Aber er war wie viele Schmidts jähzornig. Auch er hatte Zimmermann gelernt. Einmal brachte er mir von der Arbeit einen wunderschönen kleinen Wagen mit, den er für mich gebaut hatte. Mir verschlug es vor Freude die Sprache. Selbst als er auf mich einredete, brachte ich immer noch kein Wort heraus. So gehemmt war ich oft während meiner Kindheit. Wenn ich nicht gleich reden konnte, schwieg ich beharrlich und galt dann als verstockt. Gerhard wurde wütend, holte seine Axt raus und zerschlug den Wagen.

Zu der Zeit waren Büfettuhren mit Westminsterklang in Mode. Da mein Vater nach langer Arbeitslosigkeit ganz gut verdiente, leisteten sich auch meine Eltern eine solche Uhr. Die kauften sie in dem Ahlbecker Uhrengeschäft Bundschuh. Der feine Laden befand sich gleich vorne links in der Seestraße. Marlene, die ich seltsamerweise während unserer gesamten Kindheit nur Jeuder nannte, und ich waren genau wie Mutti von der Uhr natürlich begeistert. Als dann aber eines Tages ein schickes Auto vorm Haus hielt und Herr Bundschuh mit seiner Frau sich davon überzeugen wollte, dass mit der Uhr alles in Ordnung war, kriegten wir vor Staunen den Mund gar nicht mehr zu. Kundendienst war damals tatsächlich Dienst am Kunden, selbstverständlich kostenlos. Wir spielten danach wochenlang nur noch Bundschuhmann und Bundschuhfrau. Unser Auto war das Dreirad, das geduldig alles über sich ergehen ließ. Doch da wir zu zweit auf dem Rad waren, einer fuhr und einer stand hinten auf der Achse, hatte unser Auto irgendwann keine Lust mehr. Die Achse, möglicherweise aus gutem deutschen Kruppstahl, brach und es fand sich keiner, der sie dauerhaft repariert hätte.

Gerhard (rechts) mit Schulfreunden

Zimmermann Gerhard (rechts) an der Schrotsäge, nicht grade fröhlich, da er kurz zuvor mit der Hand in die Kreissäge gekommen war.

Die Büfettuhr mit Westminsterklang

Das Dreirad, als es noch heil war. Marlene, die fast alles zur gleichen Zeit lernte wie ich, mit der Tasche unseres Fotoapparates, wahrscheinlich eine Agfa-Box. Mama fotografiert, Papa repariert und ich schmolle, weil ich nicht auf dem Dreirad sitzen darf.

Korswandt war in den dreißiger Jahren noch ein richtiges Kuhdorf. Durch den Ort führte eine alte Kopfsteinpflasterchaussee, nur die etwa dreihundert Meter vom Idyll bis zum Forsthaus waren asphaltiert. Und dort, auf der Asphaltstraße vorm Idyll, fuhr ich am liebsten mit meinem Dreirad. Die Strecke vom Forsthaus bis nach Ahlbeck hatte 1911, wie man auf einem Stein lesen konnte, einen Kleinpflasterbelag erhalten. Rechts neben der schmalen Chaussee verlief ein Sommerweg, den die Pferdefuhrwerke benutzten. Die Dorfstraße und alle sonstigen Wege waren unbefestigt.

Meine Großeltern hatten drei Kühe, die wurden im Sommer morgens nach dem Melken die Dorfstraße runter in die Koppel getrieben. Wenn meine Mutter die Kühe auf die Weide brachte, nahm sie Marlene und mich manchmal mit. Die Milch brachte mein Großvater in einer großen Milchkanne zur Sammelstelle neben Schlößers Scheune. Von dort wurden die Kannen täglich nach Bansin in die Molkerei gefahren. Es hat wohl auch eine Zeit lang einen besonderen Wagen für den Milchtransport gegeben.

Der Milchwagen war für uns Kinder ein beliebter Spielplatz. Ein Kind kroch unter den Wagen, klopfte gegen den Boden und rief: „Boller, boller unnern Wogn" (Boller, boller unterm Wagen), alle anderen Kinder waren auf dem Wagen und antworteten: „Wekker is dor?" (Wer ist da?) – „Dei Wulf." (Der Wolf.) – „Wat will hei?" (Was will er?) – „Alle lüttn Kinner frätn." (Alle kleinen Kinder fressen.) – „Mientwegn kann hei kom." (Meinetwegen kann er kommen.) Darauf kletterte der Wolf auf den Wagen, um ein Kind zu fangen, dass dann als Wolf unter den Wagen musste. Bei den Mädchen ging das natürlich nie ohne ohrenbetäubendes Gekreische ab.

Im Sommer waren wir meistens am Wolgastsee und badeten oft so lange, bis wir ganz blau gefroren waren. Öfter fror der See im Winter zu und es schneite auch, aber als kleine Kinder durften wir nicht aufs Eis. Da tummelten wir uns mit Schlitten und Skiern aus Fassdauben am Sandberg.

Den großen Abhang trauten sich aber nur die Älteren hinunterzufahren, wir Kleineren fuhren und schlitterten den winzigen Hang neben der Schule runter. Am frühen Abend kamen wir dann ganz steif gefroren nach Hause und unsere Mutter hatte alle Hände voll zu tun, um die nassen Klamotten am Kachelofen wieder zu trocknen.

Die Erwachsenen gingen ihren Geschäften nach. Meine Großeltern und die anderen Bauern hatten mit der Landwirtschaft vollauf zu tun. Das Vieh musste jahrein jahraus Tag für Tag versorgt werden. Und wenn im Winter auf den Feldern nichts zu tun war, wurde alles Nötige repariert und aus dem Wald Holz geholt. Mancher Handwerker hatte eine Kreissäge, aber mein Großvater sägte das gesamte Brennholz mit der Bügelsäge auf Ofenlänge. Dickere Stücke wurden mit der Axt gespalten und dann zu einer Holzmiete gepackt. Im Sommer, wenn das Brennholz getrocknet war, wurde es in einen Schuppen gebracht.

Die Handwerker arbeiteten meistens in der Kreisstadt Swinemünde, in den anderen Seebädern oder auf dem Festland. Wenn die Männer, die in Swinemünde arbeiteten, freitags ihren Lohn bekommen hatten, kehrten sie oft auf dem Heimweg erst mal im Waldkater ein, um einen hinter die Binde zu kippen. Die Gaststätte Waldkater lag am Stadtrand neben dem Weg, der durch den Wald am Swinemünder Wasserwerk und am Wolgastsee vorbei nach Korswandt führt. Wer zu tief ins Glas gekuckt hatte, fuhr auch schon mal mit dem Fahrrad in den See. Andere wurden davor bewahrt, weil ihre Frauen sie abholten, bevor sie einen in der Krone hatten.

Während meiner Kindheit gab es in Korswandt auch eine Försterei, eine Mühle, eine Bäckerei, ein Kolonialwarengeschäft, einen Landgasthof sowie das „Kaffee und Restaurant" Idyll mit großem Saal. Die Motormühle betrieb Hubert Strohecker. Ihm sagte man nach, er hätte seine Mühle selber eingebaut, weil die Mühlenteile gar so lange herumlagen, bevor die Monteure kamen. Die staunten dann nicht schlecht, dass schon alles fertig war. Und sie fanden keine Fehler. Der Müller lebt vom Bauern, der bei ihm sein Korn malen lässt und vom Bäcker, der sein Mehl kauft.

Der Korswandter Bäcker hieß Arthur Sachse und stammte aus Sachsen. Die Leute im Dorf nannten ihn aber Bussler. Ich habe nie verstanden, was er sagte, wenn er mit mir sprach. Sein Geschäft lief gut und die Frauen ließen gerne bei ihm ihren Kuchen backen. Bussler war gemütlich, etwas rundlich und ein ausgemachter Spaßvogel. An einem sonnigen Sonntag, vielleicht war es Pfingsten, erging sich Groß und Klein bei dem schönen Wetter am Wolgastsee. Einige Leute, auch Arthur Sachse, waren auf der Badebrücke, andere am Seeufer; das halbe Dorf war auf den Beinen. Plötzlich kreischten die Frauen und die Männer brachen in schallendes Gelächter aus: Der Bäcker war im Ausgehanzug wie ein Mehlsack – versehentlich – von der Brücke ins Wasser gefallen. Solche Späße liebte Arthur Sachse. Wir Kinder waren natürlich völlig aus dem Häuschen.

Sachses Bäckerei und Schimmels Kolonialwarengeschäft standen Haus an Haus nebeneinander. In dem kleineren Gebäude befand sich der Bäckerladen, die Backstube erreichte man über den Hof. Da Schimmels außer dem Lebensmittelgeschäft auch noch eine Landwirtschaft hatten, traf man im Laden in der Regel nur die Frauen an. Marlene und ich gingen gerne mit zum Einkaufen, weil wir dort für ein paar Pfennige ab und an eine Wundertüte bekamen, doch Kolonialwaren gab es nicht mehr.

Bei Schimmels habe ich aber zum ersten Mal gesehen, dass ein Tier den Gesichtsausdruck eines Menschen annehmen kann. Schimmels Hund, nach Hundejahren auch schon so betagt wie sein Herrchen, sah genauso aus wie der alte Herr Amandus. Es gab im Dorf noch einen Fall solcher Tier-Mensch-Ähnlichkeit. Johann Ludwig, Bauer und Bürgermeister, schlug nie sein Pferd, sondern redete ihm immer nur gut zu: „Nu man tau, nu joh uck!" (Nun man zu, nun geh auch!) Und – das Pferd sah ganz so aus wie er.

Links Stroheckers Mühlengebäude, daneben das Wohnhaus, Foto von 2006.

Schimmels Haus, rechts daneben das kleine Bäckerhaus, Foto von 2006.

Zwischen Forsthaus und Idyll stand an der rechten Straßenseite – dort, wo eine Schneise über den Tannenberg verläuft und sich früher das Ortsschild befand – lange Zeit eine Reklametafel. Darauf wurde auf einen Landgasthof hingewiesen, in dem es Schinkenstullen mit Schleppe gab. Das war der Gasthof von Albert Bergte nebst Familie. Schinkenstulle mit Schleppe nannten die Berliner Badegäste seine Schinkenbrote, weil die Schinkenscheiben sehr viel größer waren als die Brotscheiben. Gerhard schickte mich manchmal zu Bergtes, um für einen Groschen drei Juno-Zigaretten zu kaufen. Dort sah ich wohl auch zum ersten Mal die Hakenkreuzfahne wehen; doch das musste bei einem Gastwirt nicht heißen, dass er ein Nazi war. Wahrscheinlich gab es nur wenige überzeugte Nationalsozialisten im Dorf. Die meisten Handwerker waren Sozialdemokraten oder Kommunisten, bevor Hitler an die Macht kam.

Das Idyll hatte Familie Schäfer gepachtet. Kellner Emil war mit Frau und zwei größeren Töchtern aus Swinemünde gekommen. Der Laden brummte. Aus Ahlbeck kamen mit Mietdroschken oder eigenem Automobil Badegäste herüber, um im Idyll Kaffee zu trinken. Sonntags schwangen Matrosen aus Swinemünde und Flieger vom Fliegerhorst Garz mit den Schönen der umliegenden Ortschaften das Tanzbein im großen Saal. Gerhard war Stammgast bei Schäfers und bald Freund des Hauses.

Einmal, zu Himmelfahrt, der Saal war proppenvoll, saßen Marlene und ich seelenruhig inmitten des schnapsduseligen Getöses unter einem Tisch, bis uns irgendwann jemand entdeckte. Herrentagsfeiern und auch Dorfbälle endeten oft mit einer handfesten Keilerei. Für die männliche Dorfjugend war das eine Art Sport. Gerhard war dann ein gefürchteter Gegner, er konnte mächtig austeilen. Und er hatte auch einen kräftigen Zug. Wenn Oma Schmidt in der Küche Kirchenlieder sang, hatte Gerhard am Abend zuvor einen geladen; sonst sang sie Volkslieder. Ich erfuhr das aber nur selten, denn ich war ja ein Langschläfer.

Abends war ich aber munter. Vor dem Einschlafen spielte ich mit Marlene öfter Personenraten. Einer dachte an irgendjemand im Dorf und der andere musste erraten, wen er meinte. Mit Fragen versuchte er sich an die Person heranzupirschen. Frau? Mann? Kind? Ortsteil? – Korswandt hatte fünf Ortsteile. Das Dorf war der Bereich von der Chaussee die Dorfstraße hinunter bis Ludwigs, letztes Haus rechts. Weiter runter begann links mit dem Haus von Erna Koch das Köter- oder Kossätenende. Das endete beim Seehof des Majors und bei Schröders hinten am Gothensee. Der Teil vom Dorfplatz, auf dem ein Laubbaum und das Kriegerdenkmal standen, zur Mühle hoch war der Berg, das Stück Chaussee von der Dorfstraße Richtung Ulrichshorst hieß Drift und der Teil hinter der Chaussee Richtung Garz, wo auch wir wohnten, war das Gehege. Manchmal gerieten wir bei dem Ratespiel in Streit, weil wir uns nicht darüber einigen konnten, zu welchem Dorfteil dieses oder jenes Haus gehörte. Doch das geschah nur selten. Richtig gezankt haben wir uns nie.

Meine Mutter wollte uns nicht immer allein zu Hause lassen, wenn sie ihren Eltern bei der Feldarbeit half, darum nahm sie uns ab und an mit raus auf Feld und Wiese. Wenn mein Großvater im Juni in der Scheune auf der Tenne saß und die Sense dengelte, stand die Heuernte vor der Tür. Sämtliches Gras, und auch das Getreide, mähte Opa mit der Sense. Eine Göpeldreschmaschine und eine Klapper (handgetriebene Getreidereinigungsmaschine) waren der ganze Maschinenpark meiner Großeltern; andere Landmaschinen konnten sie sich nicht leisten. War das Gras gemäht, wendeten die Frauen es hin und her und setzten es in Haufen, bis es zu Heu getrocknet war. Bei ausreichendem Sonnenschein ging das ganz schnell. Regnete es aber, sang meine Großmutter in der Küche Kirchenlieder.

Die Heuernte mochte ich. Da durften wir mit Oma hoch oben auf dem Heuwagen sitzen. Unsere Moorwiese lag hinten am Gothensee zwischen Korswandt und Ulrichshorst.

Wir mussten ein ganzes Stück fahren. Neben dem Weg an der Moorwiese war ein Wassergraben, an dem ich gerne spielte, während der Wagen beladen wurde. Mutti harkte die Heuhaufen zu einer Reihe zusammen, an der Opa mit dem Wagen entlang fuhr und mit der Forke das Heu auf den Wagen stakte, wo Oma es zurechtpackte. War das Heu hoch genug gepackt, schob Opa den Wesbom, ein glattes dickes Rundholz, auf das Fuder und band ihn mit einem dicken Seil hinten und vorne am Wagen fest.

Einmal spielte ich mit meiner geliebten kleinen Messing-schubkarre am Graben, bis sie plötzlich ins Wasser fiel. So sehr ich auch suchte: ich fand sie nicht wieder. Heulend rannte ich zu meiner Mutter. Auch mein Opa suchte nach der Karre, doch vergebens. Das war meine traurigste Heim-kehr auf dem Heuwagen und vielleicht mein erster bewuss-ter Verlustschmerz.

Die letzte Fuhre Heu, ein halbes Fuder, mit Oma, Marlene, Papa, Manfred und Opa; ich hab mich bewegt, als Mutti knipste, darum ist mein Körper so verwackelt.

Opas Haus hatte immer noch keinen Elektroanschluss, weil beim Bau dafür das Geld gefehlt hat. So saßen wir abends beim spärlichen Licht der Petroleumlampe. Auch in den Ställen mussten bei Dunkelheit alle Arbeiten mit der Stalllaterne verrichtet werden. Das war zur Winterzeit schon lästig. Aber Elfi, Gerhard und Otto wollten Radio hören und dafür brauchte man Elektrostrom. Schließlich waren Oma und Opa damit einverstanden, im Haus „elektrisches Licht legen" zu lassen.

Im August 1939 war es endlich so weit: Firma Wittke aus Ahlbeck rückte an. Zuerst wurde am linken Giebel ein Mast gesetzt und von Nachbar Splittgerber die Freileitung herübergezogen. Ich fand das alles sehr spannend. Am meisten gefiel mir der Lehrling, den sie Munki nannten, ein lustiger Bursche, der immerzu irgendwas pfiff und trällerte. Zu der Zeit war ein Filmschlager in aller Munde: „Das kann doch einen Seemann nicht erschüttern". Auch Munki sang den Schlager, aber mit einem anderen Text:

> Das kann doch einen Seemann nicht erschüttern,
> Keine Angst, keine Angst Chamberlain!
> Wir werden dir den Regenschirm zerknittern,
> Keine Angst, keine Angst Chamberlain!
> Und wenn die ganze Erde bebt,
> Und die Welt sich aus den Angeln hebt:
> Das kann doch einen Seemann nicht erschüttern,
> Keine Angst, keine Angst Chamberlain!

Ein ulkiges Lied, die Männer lachten alle, doch meine Mutter schien eher traurig zu sein. Ich verstand weder, was Munki sang, noch konnte ich mir erklären, warum meine Mutter traurig war.

Wir hatten jetzt elektrisches Licht im Haus, bis auf den Flur und die Speisekammer, dort gab es keine Lampen, und auch nicht in der Scheune und den Ställen. Die Funzellampe hatte ausgedient. Knips, einmal am Schalter gedreht, und in der Stube schien die Sonne. Aber noch schöner war Radio hören. Aus dem kleinen schwarzen Kasten kam Musik raus, wenn man ihn einschaltete. Volksempfänger hieß das Gerät. Wenn die neusten Schlager gespielt wurden, sauste meine Mutter los, griff sich Bleistift und Papier und versuchte den Text mitzuschreiben, was ihr aber nicht immer gelang.

Petroleumlampe

Stalllaterne

Volksempfänger

Nicht lange nachdem Munki bei uns das ulkige Lied gesungen hatte, kam mein Vater nicht mehr nach Hause. Meine Mutter erklärte uns, es sei Krieg, weil die Polen uns angegriffen hätten und Papa sei jetzt Soldat. Als sie uns das sagte, war sie noch trauriger als bei dem Munki-Lied. Jetzt war auch der Traum vom eigenen Haus erst mal ausgeträumt. Mein Vater war gerade dabei gewesen, gegenüber vom Idyll für seine Familie ein Haus zu bauen. Hier und da auf den Baustellen hatte er immer ein paar Nägel mitgehen lassen, etliche der benötigten Kanthölzer lagen schon neben Opas Scheune bereit und die Baugrube war fast fertig ausgehoben. Eines Tages las uns Mutti ganz aufgeregt den ersten Feldpostbrief vor. Papa schrieb, ihm ginge es gut, er sei in Gotenhafen und käme bald auf Urlaub.

Als er dann plötzlich vor der Tür stand, war schon Winter, und es hatte geschneit. Am Tag nach seiner Ankunft wachte ich schon früh auf, weil ich mit ihm eine Schneeballschlacht machen wollte. Doch so sehr ich auch quengelte, Papa kam und kam nicht mit raus. Ich hatte mir vor dem Haus aus dem nassen Schnee schon einen größeren Vorrat an Schneebällen zurechtgelegt, als er endlich kam. Sofort feuerte ich aus allen Rohren und als ein Ball ihn traf, lief er weg, den Garzer Weg lang, und warf ab und an einen Ball nach mir. Ich verfolgte ihn, bis wir um das ganze Gehöft rum gelaufen waren und wieder vorm Haus ankamen. Dort eroberte er alle meine Schneebälle, Ich hätte am liebsten geheult, weil ich seine Kriegslist nicht durchschaut hatte.

Mein Vater musste bald wieder einrücken. Er wird wohl auch in Frankreich gewesen sein. Jedenfalls hat er irgendwann eine Schreibtischgarnitur mitgebracht. Die bestand aus einer Federschale mit zwei gläsernen Tintenfässchen und einem Eiffelturm in der Mitte sowie der Kathedrale Notre Dame als Briefbeschwerer; vielleicht war auch der Triumphbogen noch dabei. Das fand ich alles ganz hübsch, doch leider hatten wir keinen Schreibtisch. Während mein Vater weiterhin dem Führer half, für Volk und Vaterland halb Europa zu erobern, musste ich auch einrücken: in die einklassige Volksschule zu Lehrer Walter Hannemann aus Greifswald.

Kurz nach Ostern 1940 war es so weit. An den ersten Schultag und die Zuckertüte kann ich mich nicht erinnern, aber an Schiefertafel, Griffel und Schwamm. Die meisten Schüler hatten einen Kunstschwamm, ich dagegen einen Naturschwamm, der mir aber nicht gefiel. Irgendwann am Anfang des ersten Schuljahres stellten wir uns für ein Klassenfoto alle vor der Schultür auf. Ich fehle aber auf dem Bild der Korswandter. Meine Mutter wollte mich grade zur Schule bringen, doch als wir losgingen, rief Opa, das Pferd sei weggelaufen und Mutti half ihm, es wieder einzufangen. Als wir dann zur Schule kamen, waren schon die Ulrichshorster dran, die seit einiger Zeit auch in Korswandt unterrichtet wurden.

Die Korswandter Klasse; in der vordersten Reihe hätte auch ich stehen sollen, doch ich hab es nur noch auf das Foto der Ulrichshorster geschafft.

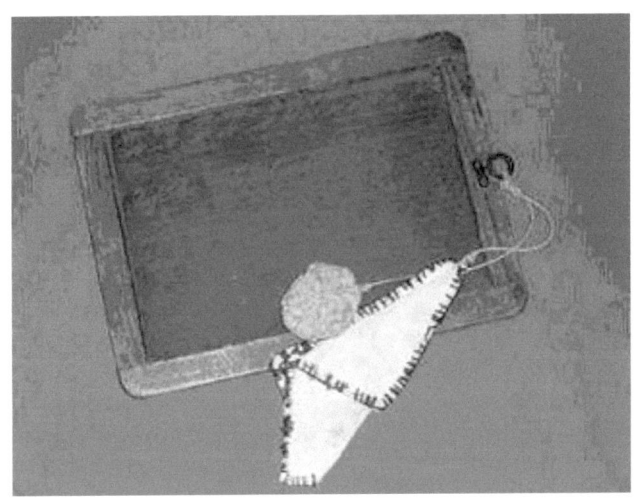

Etwa eine solche Schiefertafel hatte ich,

solche Schiefergriffel

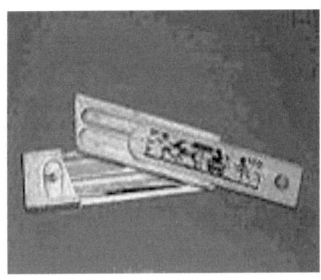

und dazu einen Griffelkasten.

Der Krieg füllte zunehmend meine Gedankenwelt aus. Soldaten, Kriegsschiffe und Flugzeuge begeisterten mich, und jeder Sieg, den die Sondermeldungen im Radio verkündeten. Schießen war mein Ein und Alles; manchmal knallte ich stundenlang mit meinem Zündplättchenrevolver rum. Das „England-Lied" konnte ich schon mitsingen und oft ergriff mich ein feierliches Hochgefühl; nur wenn ich die schmissigen Märsche der Militärkapellen hörte, befiel mich eine unerklärliche Wehmut. Im Klassenraum der Schule hingen unter der Decke zwei Modellflugzeuge, die Willi Genz aus Ulrichshorst angefertigt und der Schule geschenkt hatte. Eins davon war der gefürchtete Stuka, der Sturzkampfbomber, den ich ganz toll fand.

In der Umgebung von Korswandt waren mehrere Militäranlagen errichtet worden. Bei uns hinterm Haus auf dem Kirchberg, der so heißt, weil über den Hügel früher die Leute nach Zirchow zur Kirche gingen, stand eine Funksendestation mit vier hohen hölzernen Fachwerkmasten; links von der Chaussee, im Wald auf dem Ahlbecker Berg, eine Funkempfangsstation, die wir aber Peilstelle nannten, mit mehreren großen Gebäuden. Hinter der Försterei ragte ein Flakturm aus dem Wald und auf dem Hasenberg, nicht weit entfernt vom Seehof, wo auch wir ein Feld hatten, waren drei Schnellfeuergeschütze stationiert. Die größte Feuerkraft aber hatte eine Flakbatterie mit etlichen großkalibrigen Geschützen, Mannschafts- und Munitionsbunkern, die sich hinter Splittgerbers Haus etwa anderthalb Kilometer in den Wald hinein am Zernin befand. Fast täglich waren irgendwelche Soldaten im Dorf.

Einmal nahm uns, einige Spielkameraden und mich, ein junger Landser mit, der seinen neuen Karabiner ausprobieren wollte. Wir gingen hinter Opas Haus zum Wald. Der Soldat schabte an einer dicken Buche in Augenhöhe die Rinde ab und legte unten an den Stamm den Deckel einer Käseschachtel. Dann stiegen wir auf einen Ansitz, der in etwa fünfzig Meter Entfernung auf dem Acker stand. Von oben schoss der Soldat auf die Buche und erklärte uns anschließend, wie man mit dem Karabiner schießt. Dann durfte jeder von uns Jungen schießen; es klappte bei allen. Als wir wieder runterstiegen und nach den Treffern sahen, war einer im Deckel und die anderen nahe dem Schabefleck in der Buche. „Wohin habt ihr denn gezielt?", fragte der Soldat. „Auf den Fleck am Baum", riefen wir. „Na, dann war's ja gut." Er hatte auf den Deckel gezielt. Dass ich so bald mit einem richtigen Gewehr schießen durfte, hätte ich nie zu träumen gewagt.

In der ersten Zeit des Krieges fand immer noch der beliebte Sonntagsnachmittagstanz im Idyll statt. An Gästen war kein Mangel, wenn auch die meisten Männer Soldaten waren. Besonders die eleganten Flieger vom Fliegerhorst Garz waren als Tänzer bei der Damenwelt beliebt und stachen des öfteren die schmucken Swinemünder Matrosen aus. Im Sommer kamen aus den Seebädern auch immer noch einige Badegäste nach Korswandt, ruderten auf dem Wolgastsee, tranken im Idyll Kaffee und legten auch mal eine Sohle aufs Parkett.

Schäfers Familienunternehmen hatte alle Hände voll zu tun: Mutter Schäfer im Keller in der Küche, Vater Emil mit den Töchtern Edith und Ilse hinter der Theke sowie im Saal und die eine oder der andere bei Bedarf noch zur Aushilfe. Unser Nachbar Paul Kabus, der mit Frau und Kindern bei Splittgerbers wohnte, verdiente sich auch ein paar Mäuse dazu: er lief mit einem Bauchladen rum und verkaufte Zigaretten.

An einem linden Sonntag sagte Mutti: „Kinder, wollen wir ins Idyll gehen?" – „O ja, o ja!" Also angeputzt und los. Wir kriegten Limonade und Mutti tanzte mit den eleganten Fliegersoldaten. Als wir am späten Nachmittag nach Hause kamen, erzählten wir unserer Oma, wie es im Idyll war, und dass Mutti mit den Fliegern getanzt hat. Darauf fragte mich meine Großmutter: „Hast du für mich auch einen Tänzer ausgesucht?" – „Nein Oma, Fliegeropas warn da nicht."

Manfred, Elfi und Marlene um 1940

Nachdem ich mein erstes Zeugnis nach Hause gebracht hatte, erteilte meine Mutter mir Nachhilfeunterricht. Wenn sie mit dem alten Realienbuch aus ihrer Schulzeit ankam, wusste ich: jetzt geht es los. Aus dem Buch erfuhr ich, dass der Elefant das größte Landsäugetier ist, und die Maus das kleinste; außerdem, dass wir auf einer Insel lebten. Den Elefanten kannte ich nicht, aber die Maus wohnte bei uns in der Küche – doch nur so lange, bis unsere Katze sie gefangen hatte; was eine Insel ist, habe ich erst sehr viel später verstanden. Mutti hatte mir auch Bilderbücher geschenkt, die ich sehr mochte: ein Buch, in dem zwei wunderschöne Mädchen abgebildet waren, die ich mir wieder und wieder ansehen musste, „Jockeles Höllenfahrt", den einzigartigen „Struwwelpeter" oder „Alle Vögel sind schon da". Das Vogelbuch besitze ich heute noch. Vielleicht haben diese Kinderbücher meine Liebe zum Buch geweckt.

Als ich im nächsten Jahr schon mein zweites Zeugnis erhalten hatte, kam auch Gerhard nicht mehr nach Hause und Mutti war noch trauriger; wir fuhren jetzt nicht nur gegen „Engeland" sondern auch noch gegen das große Russland. Ich dachte daran, wie Gerhard fast zwei Jahre lang das Bett hüten musste, weil er sich auf seinem BMW-Motorrad eine schlimme Nierenkrankheit zugezogen hatte; er litt dann oft unter langer Weile. Als ich einmal bei ihm am Bett war und spielen gehen wollte, sagte er: „Bleib doch noch." Ich ging aber und er fing an, das wehmütige Edelweißlied zu singen, weil er wusste, dass ich das gerne hörte. Ich blieb dann in der Hinterstube hinter der Tür so lange stehen, bis er aufgehört hatte zu singen.

Zu der Sorge um den Mann kam bei meiner Mutter jetzt noch die Sorge um den Bruder. Doch mein Vater hatte es gut getroffen, er saß seit Kurzem als kleiner Stützpunktleiter der Marineartillerie in Norwegen zwischen Stavanger und Haugesund am Atlantik. Von Krieg war da nicht viel zu spüren. Mein Vater nutzte das, um gute Beziehungen zur Zivilbevölkerung aufzubauen. Das muss wohl auf Gegenliebe gestoßen sein, denn er schickte uns schöne Unterwäsche und Stricksachen mit Norwegermustern. Darüber freute Mutti sehr sehr, denn wir brauchten zum Einkaufen ja schon lange Lebensmittelmarken und Kleiderkarten.

Otto in Norwegen

Manfred, Elfi und Marlene in Norweger-Strickkleidung

Kleiderkarte, Rückseite, im September 1939 eingeführt

Lebensmittelmarken, hier für Urlauber, auch im September 1939 verordnet. In Korswandt gab sie Bürgermeister Johann Ludwig aus und Lehrer Walter Hannemann half ihm dabei.

Die Zeit verrann, der Blitzkrieg ging ins dritte Jahr und im Dorf nahm das Leben seinen gewohnten Lauf. Anstelle der Männer, die an der Front waren, arbeiteten bei manchen Bauern Ostarbeiter. Das waren junge Männer und Frauen, die aus den besetzten Ostgebieten nach Deutschland deportiert worden waren. Meine Großeltern erledigten ihre Arbeit weiterhin ohne fremde Hilfe. Nur einmal hatten sie Arbeiter für einen Tag bestellt. Es kamen zwei junge Polen auf den Hof, die sich vor den Kuhstall stellten und auf ihren Einsatz warteten. Mutti drückte Marlene und mir einen Apfel in die Hand und sagte: „Gebt die mal den Polen." Die Erwachsenen trauten sich das nicht. Slawen hatten als Untermenschen zu gelten, und sollten auch so behandelt werden. Im Sommerhalbjahr konnten die Bauern auch Mädchen aus dem Landjahrlager für die Haus- und Feldarbeit anfordern. Davon machten Oma und Opa aber nie Gebrauch.

Jetzt, da durch den Krieg alles immer knapper wurde, buk Oma wieder öfter Brot und butterte auch. Das Buttern interessierte mich. Für die Trennung des Rahms von der Milch hatte sie früher eine Zentrifuge, die war aber schon seit Jahren kaputt und lag irgendwo auf dem Hof. Doch sie wusste sich zu helfen. Sie goss die Milch in Schüsseln, legte Brettchen darauf und stellte die Schüsseln übereinander in einen Schrank. Wenn sich der Rahm oben abgesetzt hatte, pustete Oma ihn ab und goss ihn ins Butterfass. Mit dem Butterstampfer stampfte sie dann so lange auf dem Rahm herum, bis sich Butterklümpchen bildeten, die dann zusammengeknetet wurden. Beim Stampfen machten Marlene und ich manchmal mit, hielten es aber nie lange aus, weil uns bald die Arme lahm wurden.

Meine Mutter war gar nicht erbaut davon, wenn wir Kinder uns mal für die Landwirtschaft interessierten. Sie liebte die Landarbeit nicht und hätte – klug, wie sie war – wohl gerne einen Beruf erlernt. Darum war ihr ganzes Streben darauf gerichtet, dass ihre Kinder es einmal besser haben sollten. Mit Marlene und mir wurde deshalb auch nicht platt gesprochen; Oma und Mutti hielten das Plattdeutsche für eine minderwertige Sprache. Ich sollte möglichst die hohe Schule besuchen, wünschte sich Mutti. Da sie ihre Pläne mit mir nicht für sich behielt, stellte sich das Echo bald ein. Mit Ingenieur frotzelten mich die anderen Jungen. Und als einmal in der Swinemünder Zeitung stand: „Jedem Dorfjungen winkt in der Ukraine ein Bauernhof", schnitt sie den Artikel aus und hing ihn in der Küche an die Wand. Ich – Bauer in der Ukraine, das war das Letzte, was meine Mutter sich vorstellen konnte.

Butterfass

Obwohl ich meine weinerliche Kleinkindzeit einigermaßen hinter mich gebracht hatte, hänselten die anderen Kinder mich bisweilen immer noch. Vor allem die Krüger-Zwillinge Otto und Werner bedrängten mich öfter. Als ich wieder mal mit Otto Krüger Streit hatte und heulend nach Hause kam, erklärte mir meine Mutter eindringlich, wie ich mich wehren sollte. Schließlich brachte sie mich so weit, dass ich bereit war, mich zu rächen. Wir gingen also die Dorfstraße runter, Mutti zwanzig Meter hinter mir. Otto war noch auf der Straße. Ich machte alles so, wie Mutti gesagt hatte: ging forsch auf ihn zu, packte ihn mit der Linken am Schlafittchen und schlug ihm mit der Rechten kräftig auf die Nase. Er war so erstaunt, das er regungslos dastand. Dann merkte er, dass seine Nase blutete und lief zu seinen Eltern, die vor ihrem Haus auf der Bank saßen. Ich war von meinem Erfolg überwältigt, immerhin war Otto Krüger älter als ich. Wir stritten uns aber nur manchmal beim Spielen, auch mit den Krüger-Jungen gab es nicht immer nur Zank und Streit.

Ein Draufgänger wie Kurt Lüders, mit dem ich seit einiger Zeit öfter spielte, war ich immer noch nicht. Kurt war nur im Sommerhalbjahr in Korswandt. Familie Lüders hatte am Wolgastsee ein kleines Holzhaus und wohnte sonst irgendwo nahe unserer Insel auf dem Festland. Vater Lüders war Fischer und befischte im Sommer den Wolgastsee. Kurt imponierte mir, weil ihm ständig irgendwas tolles einfiel. Hinter der Spitzen Ecke am Seeufer hatte er in einem Baum eine Spechthöhle entdeckt, die in Kinderreichweite war. „Die bohren wir aus", sagte er. Ich wäre nie auf eine solche Idee gekommen, ging aber trotzdem mit. Als Kurt grade mal drei- viermal den dicken Zimmermannsbohrer rumgedreht hatte, rief plötzlich hinter uns jemand: „Was macht ihr denn da?" Das war Heinz Seidenkranz, der war schon in der Lehre. „Wartet mal, gleich kommt der Förster, der wird euch den Arsch versohlen!" Mir rutschte das Herz in die Hose und ich rannte Hals über Kopf quer durch den Wald ohne anzuhalten nach Hause.

Ein andermal spielten wir hinter Splittgerbers Haus auf Meiers Feld in der Nähe unseres Hauses. Ich hatte meinen Flitzbogen mit und schoss Pfeile in die Luft. Aber Kurt holte aus seiner Hosentasche eine Schachtel Streichhölzer hervor und zündete trockene Grasbüschel an. Das hatte wohl jemand beobachtet, denn am nächsten Tag mussten Kurt und ich vor die Klasse treten und Lehrer Hannemann verpasste uns drei Jagdhiebe mit dem Rohrstock. Die Jagdhiebe waren meistens von den Sprüchen „Wie man sich bettet, so schläft man" oder „Des Menschen Wille ist sein Himmelreich" begleitet. Mit dicken Hosen und etwas Erfahrung war das auszuhalten, im Sommer aber, wenn man nur eine dünne Turnhose anhatte, war die körperliche Züchtigung eine arge Pein.

Schläge bekamen wir auch für andere Freizeitvergehen, zum Beispiel, wenn wir uns auf der Chaussee an ein Pferdefuhrwerk anhängten, den rechten Arm nicht zum Deutschen Gruß hoben oder bei Dunkelheit noch draußen spielten. Mir gefiel es aber ganz besonders, in der Schummerstunde noch draußen rumzutoben. Doch Lehrer Hannemann kam öfter angeschlichen; wenn wir dann nicht schnell genug wegrannten, und er uns erkannte, gab's drei Jagdhiebe; manchmal hatte auch jemand gepetzt. Warum sollten wir nicht bei Dunkelheit draußen spielen? Es hieß, die Ostarbeiter könnten uns was antun. Aber die beiden Polen, die mal bei uns waren, oder Jan, der junge kräftige Pole, der bei Schimmels arbeitete und wohnte, sahen gar nicht so aus, als würden sie kleinen Kindern was tun. Im Gegenteil, wenn wir manchmal bei Günter Sachse auf dem Hof spielten, war Jan sehr freundlich zu uns.

Als ich wieder mal mit vier, fünf anderen Schülern die gefürchteten Hiebe bekommen sollte, und wir uns schon vor dem Katheder aufgestellt hatten, betete ich schnell: „Lieber Gott, mach bitte, dass wir keine Schläge kriegen!" In dem Moment ging die Tür auf und Frau Hannemann rief: „Walter, kommst du mal, Telefon!" – In mir keimte Hoffnung auf.

Nach einer Weile kam der Lehrer zurück, den Rohrstock immer noch in der Hand, sah uns streng an und sagte: „Setzen!" Natürlich war ich davon überzeugt, dass mein Stoßgebet das bewirkt hatte.

Im nächsten Sommer, als ich schon acht Jahre alt war, spielte ich nicht mehr so viel mit Marlene und unseren Nachbarskindern Christa und Norbert Kabus, sondern mehr mit den Jungen im Dorf, vor allem mit meinen Großcousins Horst Rossow und Jochen Mundt. Oft stromerten wir hier und da im Ort rum, aber noch öfter waren wir am Wolgastsee. Dort, am See, hatte der Reichsarbeitsdienst, der in einem früheren Korswandter Hotel ein Lager unterhielt, einen Kleinkaliberschießstand aufgebaut. Der war schon ziemlich verfallen und eigentlich auch nicht mehr vonnöten, denn die Soldaten des letzten Krieges hatten vom Schießen die Schnauze voll und die des heutigen durften oder mussten jetzt an allen Fronten mit Großkaliber rumballern. Der Schießstand befand sich gegenüber der Badestelle neben dem Weg, der durch den Wald um den See herumführt.

Zwischen ein paar dicken Buchen standen hintereinander zwei hohe doppelte Bretterwände mit Sandfüllung als Kugelfang. Durch Aussparungen in den Wänden wurde in Richtung Wald geschossen. Die Kugel sauste dann durch einen Graben, der zu beiden Seiten aufgeschüttete Sandwälle hatte, und traf dort die Scheibe oder blieb im Sand stecken. Unter der Scheibenanlage befand sich ein kleiner fast völlig versandeter Raum, in dem noch der Brettertisch stand, an dem die Schießergebnisse aufgeschrieben worden waren. Rund um den Schießstand spielten wir Krieg; der Schreibraum war unser Bunker. Ich hatte grade Bunkerdienst, als ich ohne Feindeinwirkung in arge Bedrängnis geriet: mich bedrängte ein starkes menschliches Rühren. Wohin jetzt so schnell? In den Sand? Einer plötzlichen Eingebung folgend sprang ich auf den Tisch, zog die Turnhose runter und ... Erlösung! Bis in den Wald hätte ich es nicht mehr geschafft.

Drei Tage später musste ich mich zum Unterrichtsbeginn vor die Klasse stellen. Dann fing Lehrer Hannemann an, vom Krieg zu reden, in dem wir uns befänden, und von unseren Vätern und Brüdern, den tapferen Soldaten, die für Führer, Volk und Vaterland ihr Leben einsetzten. Warum sagte er das und warum musste ich vorne stehen? Er zählte noch einige Erfolge unserer Wehrmacht auf und sprach dann mit schneidender Stimme von Menschen unter uns, denen das alles nichts bedeutete, die die Ehre des deutschen Soldatentums besudelten ... Ich überlegte fieberhaft ... was meint der bloß? ... Dann schoss es mir: mein Bunkermissgeschick! Da hatte wohl einer gepetzt. Mir wurde ganz mulmig. Als ich alles begriffen hatte, war Hannemann schon bei den bekannten drei Jagdhieben. Au Backe! Und ich hatte nur die dünne Turnhose an ...

Im Spätherbst kam Gerhard auf Urlaub. Er musste nicht als Landser an der Front kämpfen, sondern fuhr bei der OT, der Organisation Todt, die vielfältige Bauaufgaben in Deutschland und in den besetzten Gebieten zu erfüllen hatte, einen Lastkraftwagen. Seine Einheit war zwischen Minsk und Smolensk in Russland stationiert. Wehrmacht und OT wurden dort häufig von Partisanen angegriffen. Bei einer der Fahrten mit dem Lkw hatten sie seinen Beifahrer erschossen. Auch in Korswandt wurde um die ersten Gefallenen getrauert. Doch sonst war der Krieg weit weg.

Gerhard kam zur rechten Zeit: Räucherkammer und Pökelfass waren leer, darum sollte ein Schwein geschlachtet werden. Martha setzte in großen Töpfen das Brühwasser auf, Elfi bereitete den Fleischwolf und die Wursttrichter vor und Karl stellte Brühtrog und Leiter bereit. Als alles vorbereitet war, zog Mutti Marlene und mich warm an und nahm uns mit raus auf den Hof. Sie wollte wohl, dass wir wissen, wie ein Schwein geschlachtet wird.

Opa holte das Schwein aus dem Stall; an eins der Hinterbeine hatte er einen Strick gebunden, den er draußen an einem Pfahl festmachte. Dann nahm er eine Axt und ging auf das Schwein zu. Aber Gerhard sagte: „Lot mi eis." (Lass mich mal.) Opa gab ihm die Axt und Gerhard schlug zweimal zu. Das arme Vieh hatte zwei Dellen im Kopf und quiekte jämmerlich, doch es war nicht betäubt. Dann schlug Opa einmal auf den Kopf des Tiers, das wie vom Blitz getroffen umfiel. Danach stach er mit einem Messer dem Schwein in die Kehle und fing das hervorschießende Blut in einem großen Steintopf auf. Den nahm Mutti ihm nach einer Weile ab und rührte das Blut um.

Nun legten die Männer das tote Tier in den Brühtrog; Opa goss heißes Wasser auf die Borsten und schabte sie mit einer Schabeglocke ab. Danach wurde das Schwein mit den Hinterbeinen an die Leiter gehängt, sodass der Kopf nach unten hing. Opa schnitt ihm den Bauch auf und nahm die Eingeweide heraus. Därme und Blase wurden gereinigt, mehrfach gespült und getrocknet. Zum Schluss wurde die

Leiter mit dem Schwein ins Haus getragen und in den Flur gestellt. Wann Fleischbeschauer Giese aus Ahlbeck kam, weiß ich nicht mehr, aber an den blauen Stempel auf dem Hinterschinken kann ich mich erinnern.

Später ging es ans Wurst machen. Davon hab ich nur behalten, wie mit dem Fleischwolf, vor den ein Trichter geschraubt war, die Därme gefüllt wurden. Ein Teil der Wurst wurde gekocht, der andere, und wohl auch ein Schinken, geräuchert. Die Räucherkammer stand neben dem Schornstein auf dem Dachboden. Für mich war aber das Schönste von allem: Tollatsch – Bouletten aus Schweineblut und anderen Zutaten, die mit der Wurst zusammen gekocht wurden und ganz vorzüglich schmeckten; das Kochwasser ergab die beliebte Wurstsuppe. Vom Pökelfass weiß ich bloß noch, dass es in der Speisekammer unter der Bodentreppe stand.

Vor dem Fenster von Omas Hinterstube: Gerhard, Marlene, Martha, Manfred, Karl, in Wachmannuniform, und, auf der Bank sitzend, Fleischer Küster aus Ulrichshorst.

Gerhard war mit einem großen Wurstpaket wieder in den Krieg gezogen. Der Moloch verschlang nun auch immer mehr deutsche Soldaten. Da wurde in der Heimat jede Hand gebraucht. Karl hatte vor kurzem in Swinemünde eine Stelle als Wachmann angetreten. Ihm zur Seite stand Rio, ein kräftiger Schäferhund. Solange die vorgesehene Hütte noch nicht auf dem Hof stand, band Karl, bevor er das Haus verließ, den Hund vorsichtshalber in der Scheune an.

Als Rio wieder einmal dort angebunden war, hörte Martha gegen Abend ein lautes Winseln und würgendes Bellen. Sie zündete die Stalllaterne an und ging in die Scheune. Das Tier hatte sich in der Leine verheddert und drohte zu ersticken. Martha nahm all ihren Mut zusammen, ging auf den Hund zu und befreite ihn aus der lebensbedrohenden Lage. Das hat der Rüde nie vergessen. Für Martha wäre er durchs Feuer gegangen. Später, als Rio schon ins Haus durfte, knurrte er uns Kinder sofort an, wenn er mit Oma in der Stube war und wir dazukamen. Waren wir mit ihr schon im Zimmer und er kam rein, duldete er uns.

Rio – der Dankbare

Wir durften im Winter jetzt auch aufs Eis, wenn es dick genug war. Ich hatte auf dem Boden Schlittschuhe gefunden. Die Holländer von meinem Vater nahm ich mir und gab die spitzen, die Gerhard gehörten, Marlene. Ein Schlüssel fand sich auch, mit dem man die Schlittschuhe an den Schuhen festschrauben konnte. Aber dann die Riesenenttäuschung: unsere Schuhe waren viel zu klein, so weit ließen sich die Klemmbacken gar nicht zusammenschrauben. Doch ich gab nicht auf; nach drei Tagen hatte ich die Lösung. Ich schnitt mir kleine Holzstäbchen zurecht und legte sie zwischen Klemmbacke und Schuhsohle. Meine Erfindung war auf dem Eis eine wacklige Angelegenheit, aber Marlene und ich haben so Schlittschuh laufen gelernt.

Der Winter war noch nicht vorbei, da kam aus dem Radio – es war nicht mehr der Volksempfänger, Mutti hatte inzwischen einen schönen Graetz gekauft – die Meldung, ob es eine Sondermeldung war, weiß ich nicht mehr, dass unsere 6. Armee in Stalingrad nach schweren Kämpfen den Heldentod gefunden hatte (oder so ähnlich). Ich wusste weder was Stalingrad, noch was eine Armee war aber die Erwachsenen waren alle sehr bedrückt und nach der Meldung stimmte mich „Lili Marleen", ein trauriges Lied, das wir manchmal abends im Soldatensender Belgrad hörten, noch trauriger.

Unser Graetz 51 W

Marlene war mit fünf Jahren eingeschult worden und jetzt schon eine Weile bei den ABC-Schützen. Als wir eines Tages aus der Schule kamen, lief Schäfers Hund, ein verwöhnter Kneipenköter, auf der Chaussee umher. Einige Kinder gingen auf ihn zu und standen dann um ihn herum. Ich wollte mit Marlene eigentlich nach Hause gehen aber als ich kurz vor dem Hund stehen blieb, biss das faule Vieh mir in den rechten Arm, weil ihn vielleicht hinten einer an den Schwanz gefasst hatte. Marlene lief schreiend nach Hause: „Mutti, Mutti, Schäfers Hund hat Manfred in den Kopf gebissen!" Das stimmte nicht, aber mein Arm blutete, ich weiß nicht, wie sie auf den Kopf kam.

Mutti verband dann die Wunde und sagte: „Damit müssen wir zum Arzt, der Hund kann Tollwut haben." Der Arzt war Dr. Güthenke in Ahlbeck, ein fleißiger Landarzt, der zu jeder Tages- und Nachtzeit zu seinen Patienten eilte, wenn er gerufen wurde. So auch in jener Nacht, als Marlene plötzlich aufwachte und sich übergeben musste, ehe noch ein Eimer zur Stelle war. Mutti lief schnell zu Schlößers – Herta Schlößer versah die Poststelle im Dorf und hatte deshalb ein Telefon –, um den Arzt anzurufen. Dr. Güthenke brauchte für die drei Kilometer mit seinem Auto nicht lange und Marlene ging es bald wieder besser.

Wir marschierten also nach Ahlbeck, Mutti und Marlene auf der Straße, ich auf dem Trampelpfad der Böschung, dabei rannte ich meisten, voraus und zurück und manchmal in den Wald, weil ich nicht gerne langsam ging. Beim Doktor bekam ich eine Spritze gegen Tollwut und anschließend ging Mutti mit uns zum Fotografen; sie schickte Papa und Gerhard ab und an Fotos von uns. Als wir heimgingen überraschte uns auf dem Korswandter Berg ein heftiger Gewitterregen, wir waren sofort klitschnass. Dann überholte uns eine feine Pferdedroschke, die anhielt. Ein Mann steckte den Kopf heraus und rief: „Kommen Sie!" Wir stiegen ein, setzten uns aber nicht mit den nassen Sachen. So kamen wir doch noch froh gestimmt nach Hause.

Foto mit Marlene, Elfi und Manfred für …

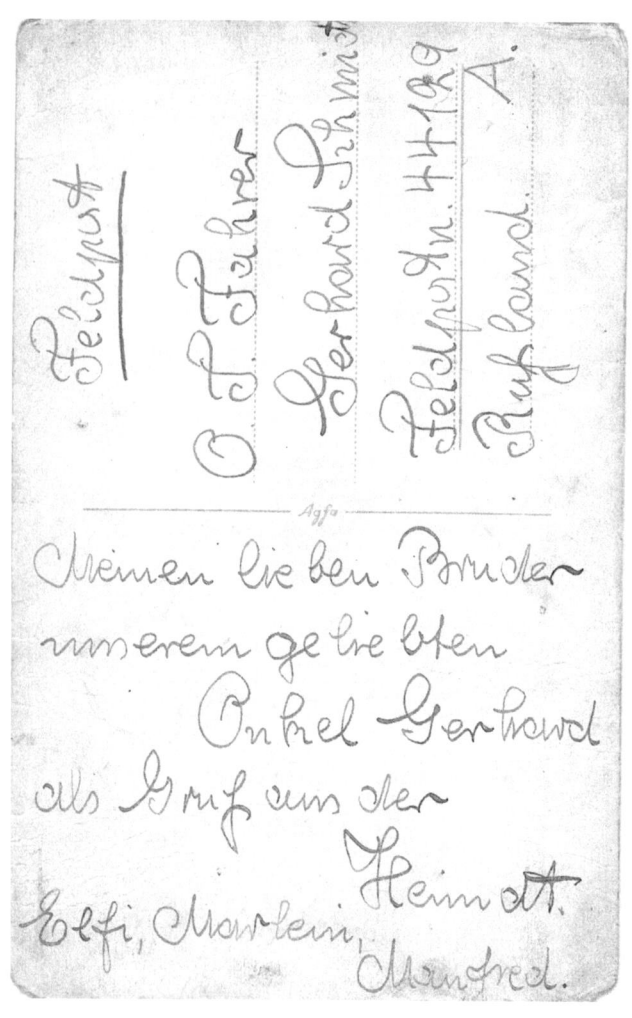

Feldpost

O.T. Fahrer
Gerhard Schmid
Feldpostn. 44129
A.
Rußland.

Meinen lieben Bruder
unserem geliebten
Onkel Gerhard
als Gruß aus der
Heimat.
Elfi, Marlein,
Manfred.

… Gerhard in Russland von seiner Schwester, das er wohlverwahrt durch die Wirren des Krieges wieder mit nach Hause gebracht hat.

In der Schule haben wir Völkerball spielen gelernt. Auf jeder Hälfte eines Spielfelds stand eine Mannschaft mit mehreren Spielern, die abwechselnd versuchten, einen gegnerischen Spieler mit einem größeren Ball zu treffen. Wurde ein Spieler getroffen und der Ball fiel auf die Erde, war für ihn das Spiel beendet. Fing er den Ball, durfte er nun versuchen, einen Gegner zu treffen. Horst Rossow hatte von unserm Jahrgang den stärksten Wurf. Ich konnte auch ganz gut werfen und fangen. Die beiden besten Werfer spielten gegen einander. Alle anderen Kinder wurden in die eine oder andere Mannschaft gewählt. Die Mädchen schieden meistens zuerst aus, weil sie sich oft nicht trauten, die scharfen Bälle der Jungen zu fangen. Sieger war, wer alle gegnerischen Spieler rausgeschossen hatte.

Nach der Schule spielten wir auch Völkerball. Ich hatte einen Fußball, woher, weiß ich nicht mehr. Die Lederhülle musste ich öfter reparieren, weil manche Nähte nicht mehr hielten. Die Gummiblase habe ich über einen Nippel mit dem Mund aufgeblasen, dann den Nippel abgebunden, in die Hülle gesteckt und mit einem Lederband den Hüllenschlitz zugeschnürt. Aber wenn ich mich beim Aufblasen auch noch so anstrengte, der Ball war nur eine weiche Pflaume. Als ich einmal beim Verschnüren des Schlitzes mit der Ballnadel abrutschte, zerstach ich die Blase und musste von da an in die Hülle Heu reinstopfen.

Sport machte mir Spaß. Vor allem lief ich gerne. Mutti meinte, das hätte ich von Papa geerbt. Mein Vater war ein guter Mittel- und Langstreckenläufer und hatte viele Urkunden und Preise. Auch als er schon Soldat war, hat er noch manchen Langlauf gewonnen. Ich lief manchmal aber auch zweckentfremdet. Wenn Mutti was von mir wollte und rief: „Komm sofort hierher!", rannte ich auf den Hof. Folgte sie mir, drehte ich eine Runde um den Mistberg und verließ dann durch die Pforte das Gehöft. Gewöhnlich ging sie dann wieder ins Haus. Einmal war sie aber so erbost, dass sie mich bis zum Landjahrlager verfolgte. Dort schlug ich einen Haken, lief nach rechts den Hügel rauf und schoss

Kobolz einen Abhang hinunter. Darüber erschrak meine Mutter so sehr, dass sie mich nicht – wie sonst in einem solchen Fall – mit ihrem Schuh verdrosch, sondern in den Arm nahm und ganz zärtlich sagte: „Junge, das darfst du doch nicht machen, du kannst dir doch das Genick brechen."

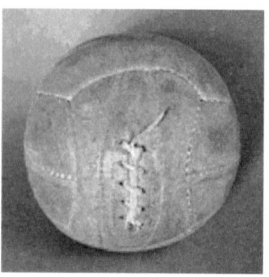

Mein Fußball

Otto (vorne) in Norwegen 1943

Siegessondermeldungen wurden im Graetz nur noch selten verkündet, stattdessen war immer öfter von heroischen Abwehrkämpfen und Frontbegradigungen die Rede. Urlauber, die wie Gerhard von der Ostfront kamen, sprachen unverblümt von Rückzug. Der war besonders im russischen Winter knochenhart und manch einer hat ihn nicht überlebt. Jetzt aber war Sommer und wir Kinder tobten uns wie eh und je in den Ferien so richtig aus, vor allem am See. Von den Mädchen gefürchtet, bei den Jungen beliebt war die Wrausenschlacht. Einer riss in Ufernähe Grasbüschel aus, an denen noch feuchte Erdklumpen hingen, und bewarf damit hinterrücks einen anderen Jungen. Der revanchierte sich postwendend, traf aber den Nebenmann, und die wildeste Wrausenschlacht war im Gange. Hatten wir dann genügend Treffer erhalten und reichlich Dreck in den Haaren, ging es mit Indianergeheul in den See. Ich tauchte dann immer erst mal zwanzig Meter. Danach waren einige Köpper von der Brücke angesagt. Wenn wir nach einer Weile vor Kälte bibberten, legten wir uns im Schießstandgraben in den warmen Sand, um bald darauf wieder ins Wasser zu rennen. Bei dem Badegetümmel haben wir schon als kleine Bälger ganz nebenbei schwimmen gelernt.

Die Erwachsenen mussten aber auch beim schönsten Badewetter jeden Tag ihre Arbeit verrichten. Bei den Bauern stand die Roggenernte an. Mal wuchs Opas Roggen hinterm Haus, mal, wie jetzt, auf dem Hasenberg. Wie schon im Juni das Gras, hatte er auch den Roggen auf dem großen Feld mit der Sense gemäht. Tags darauf ging es dann zu dritt aufs Feld: Oma und Mutti rafften die auf Schwad liegenden Halme zusammen und banden sie zu Garben. Opa nahm dann je zwei Garben und stellte sie schräg gegeneinander zu Hocken auf. Jede Hocke hatte ein Stiege Garben, an jeder Seite zehn. War das Korn getrocknet, wurde es ähnlich wie das Heu mit dem Leiterwagen eingefahren. Das große Roggenfach in der Scheune füllte sich nach und nach und war am Ende bis unters Dach mit Garben vollgestopft.

So weit ich zurückdenken kann, gab es während meiner Kindheit an der Badestelle immer eine Brücke. Die auf dem Foto ist wahrscheinlich die letzte; ihre Reste verschwanden vielleicht in den sechziger Jahren des vorigen Jahrhunderts. Gebaut wurden die Brücken – ab und an musste eine hinfällige durch eine neue ersetzt werden – von der Freiwilligen Feuerwehr Korswandt. Das Spritzenhaus stand neben dem Transformatorhäuschen in der Mitte des Ortes.

Sobald die ersten Fuder Korn eingefahren waren, hörte man tagelang von früh bis spät das dumpfe Brummen der elektrischen Dreschmaschinen. Meyns und Schimmels hatten so ein modernes Gerät. Bei Schimmels konnten auch andere Bauern ihr Korn dreschen. Unser Roggen und wohl auch der Hafer fürs Pferd wurde mit der Göpeldreschmaschine gedroschen. Oma reichte aus dem Kornfach die Garben herunter, Opa steckte sie in die Maschine, Mutti harkte auf der Tenne das Stroh zusammen und band es wieder zu Garben, die dann später ins Kornfach kamen. Das klappte aber nur, wenn das Pferd am Göpel hinter der Scheune möglichst gleichmäßig seine Runden drehte. Deshalb musste ich bisweilen das „Pferd treiben". Mir ging aber immer viel durch den Kopf, sodass ich öfter gedankenversunken stehen blieb. Da kam der Wallach auch ins Grübeln. Plötzlich war es ganz still. Dann brüllte Opa durch das offene Scheunenfenster. Ich erschrak heftig und zog dem Braunen eins über. Der galoppierte beleidigt davon, worauf die Dreschmaschine aufheulte wie eine Sirene. Jetzt war Schmidtsche Stimmung in der Scheune.

Krach gab es aber auch öfter mal ohne mein Zutun. Opa und Oma sprachen manchmal tagelang kaum ein Wort miteinander, um dann all die versäumten Gespräche in einer einzigen Schimpfkanonade nachzuholen, beim Wurstmachen, beim Dreschen, wenn es um die Kinder ging, oder wo sie sonst verschiedener Meinung waren. Noch schlimmer war das Gezänk zwischen meiner Mutter und meiner Oma. Mutti litt unter dem Dreck im Haus und warf das oft ihrer Mutter vor. Das ärmliche Haus und die veraltete Arbeitsweise meiner Großeltern boten wenig Spielraum für die Vorstellungen meiner Mutter. Alle wuschen sich an einem eiserner Waschständer mit einer Dreiliterschüssel in der Küche; dort seifte Mutti auch uns regelmäßig ab. Der Streit dauerte dann eine Weile, bis Oma sagte: „Wenn du noch eine Mutter hast … " Sie war acht Jahre alt, als ihre Mutter starb. Auch Gerhard verstand sich nicht immer mit seinen Eltern und hatte sich sogar für kurze Zeit in Swinemünde ein Zimmer gemietet, bis er dann auf Drängen seiner Schwester wieder in den Schoß der Familie zurückgekehrt war.

Doch ob mit oder ohne Krach: die Ernte musste immer unter Dach und Fach gebracht werden. Kartoffeln buddeln schien mir von allen Erntearbeiten die mühsamste zu sein. Mutti und Oma rutschten auf den Knien Reihe für Reihe den Acker rauf, den Acker runter, gruben mit der Kartoffelhacke Busch für Busch aus, klaubten die Erdäpfel aus dem Boden und warfen sie in einen Drahtkorb. Opa schüttete die Kartoffeln aus den Körben in Säcke, die er, wenn sie voll waren, auf den Wagen lud. Bei größeren Schlägen halfen uns Frauen aus dem Dorf und bekamen dafür Kartoffeln. Opa baute verschiedene Sorten an, die fein säuberlich von einander getrennt wurden; „Ackersegen" war eine davon. Die Kartoffeln für den Eigenverbrauch kamen in den Keller, der sich unter dem hölzernen Küchenfußboden befand. Der Rest wurde verkauft oder überwinterte in einer mit Stroh und Erde abgedeckten Miete auf dem Hof. Außer den Kartoffeln waren auch noch Weißkohl, Rotkohl, Wruken (Kohlrüben) und Runkelrüben für die Kühe zu ernten. War alles endlich unter Dach und Fach, konnte der Winter kommen. Bisweilen kam er mit starkem Frost, dickem Eis auf dem See und tiefem Schnee.

An Schlößers Scheunentor, gleich neben dem Podest für die Milchkannen, klebten hin und wieder Plakate. Mal war von Bolschewisten die Rede, mal vom Lebensraum im Osten, mal ging es ums deutsche Mutterkreuz, dann wieder um die Helden an der Front oder um Verdunklung. Das meiste verstand ich nicht. Mit Verdunklung wusste ich Bescheid. Die Faltrollos ließen wir jeden Abend runter, sobald in der Stube Licht brannte. Geschummelt wurde höchstens mal auf der Hofseite, da dort ja selten ein Kontrolleur hinkam. „Kohlenklau" war auch ein Thema und „Pst! Feind hört mit!" Beim „Kohlenklau" wurde erklärt, wie man sparsam den Ofen heizt, bügelt oder Wasser warm macht.

Wer ist KOHLENKLAU?

Ein Bösewicht, vor dem wir uns sehr hüten müssen, weil er uns und unsere Kriegswirtschaft gefährdet.

Was tut Kohlenklau?

Es zieht kalt ins warme Zimmer. Im leeren Zimmer brennt Licht. Das Radio spielt ohne Zuhörer. Der falsch geheizte Ofen wärmt schlecht ... Überall, wo wertvolle Kohle, Strom und Gas vergeudet werden, hat Kohlenklau seine Hand im Spiel! Er nützt unsere kleinste Gedankenlosigkeit und Nachlässigkeit für sein kriegsverbrecherisches Treiben aus. Es ist toll, wie raffiniert er uns überall reinlegen will.

Wie machst du ihn unschädlich?

Kohlenklau ist beobachtet worden, man kennt seine Tricks! In der nächsten Zeit wirst du hier lesen, wie und wo du ihn fassen kannst. Du und ich und wir alle tun uns jetzt zusammen, und es wäre doch gelacht, wenn wir den Burschen nicht aufs Kreuz legen.

Die Jagd auf Kohlenklau geht los!

Die Stimmung war nicht mehr so gut, der Krieg kam näher und immer mehr Städte wurden bombardiert. Seit Kurzem munkelte man, Peenemünde sei bei einem Bombenangriff zerstört worden und es sollte nicht mehr von Peenemünde gesprochen werden, sondern nur noch von Karlshagen 1 und Karlshagen 2. Warum Peenemünde? Manche wollten hinter vorgehaltener Hand wissen, das in Peenemünde wäre alles ganz geheim und es ginge um die Wunderwaffe des Führers oder doch um was sehr Wichtiges. Von dem Wunder wurde auch öfter im Radio gesungen, das Wunder, das geschehen würde und uns den Sieg bescheren sollte, den Endsieg. Doch „pst!" war nicht ganz gelungen, irgendwo hatte der Feind wohl mitgehört. Warum sonst der Angriff auf Peenemünde? So etwa dachten die Leute.

In Korswandt hatten sich während des Krieges Fremde niedergelassen. Fischer Holtz aus Hamburg mit seiner Frau, die bei Lettkes im letzten Haus auf dem Berg hinter Müller Strohecker wohnten. Holtz war Fischer und bewirtschaftete eine Zeit lang den Wolgastsee, da der ansässige Fischer Seidenkranz als Wachmann nach Swinemünde dienstverpflichtet worden war.

Nicht weit vom Wolgastsee wohnte Kunstmaler Riegel in einem Haus mit großem Garten und kleinem Wald. Viele Dörfler ließen sich ein Ölgemälde von ihm malen, Mutti auch. Als Kind fand ich das Bild schön: Auf einem Tisch mit Tischdecke stand eine Vase mit roten Rosen darin, auf der Decke lagen ein paar Blütenblätter.

In einem Bretterschuppen am Schießstand und in zwei Zirkuswagen kampierte Familie Matz. Die Leute hatten sieben Kinder, zwei Mädchen und fünf Jungen. Mit Ferdinand habe ich öfter gespielt. Von den Einheimischen wurden sie meistens Zigeuner genannt.

Außer den Zugezogenen wohnten noch Zivilbeschäftigte im Dorf, die auf den umliegenden Militäranlagen arbeiteten, und Soldaten, von denen einige sogar ihre Familien haben nachkommen lassen. Ab und an wurden auch Wehrmachtsangehörige für eine bestimmte Zeit bei Dorfbewohnern einquartiert.

Mittlerweile begann ich mich nicht nur für Papas Fahrrad, sondern auch für sein Handwerkszeug zu interessieren. Besonders die Schweifsäge, mit der man auch Kurvenschnitte ausführen kann, gefiel mir. Es war schon Winter und der Wolgastsee hatte eine dicke Eisdecke. Ich versuchte in der Küche, aus einem dicken Brett eine Holzpantoffelsohle auszuschneiden, weil ich mir Holzpantinen bauen wollte. Etwa solche, wie sie Oma und Opa bei der Arbeit auf dem Hof trugen. Doch beim Sägen habe ich wohl die Kurve zu scharf genommen: plötzlich gab es einen lauten Knall und das zarte Sägeblatt war zerbrochen. Was nun? Mutti war gerade nach Ahlbeck gegangen. Todunglücklich rannte ich hinter ihr her, zum See runter, übers Eis, beim Förster wieder an Land, und holte sie kurz vor dem Korswandter Berg ein. Schluchzend klagte ich ihr mein Missgeschick. Mutti tröstete mich aber: Papa würde sich bestimmt eine neue Säge besorgen, wenn er zurückkäme. Halbwegs beruhigt lief ich wieder nach Hause.

Mit dem Fahrrad hatte ich mehr Glück. Anfangs war das Radfahren ziemlich anstrengend, da ich noch nicht auf dem Sattel sitzen konnte. Aber im Nächsten Frühjahr, nach meinem zehnten Geburtstag, machte mir das Radfahren richtig Spaß, wenn ich auch noch manchen Sturz überstehen musste. Mutti hatte auch ein Fahrrad und wir fuhren ein paar mal mit den Rädern zum Geigenunterricht nach Swinemünde, hörten aber wegen der zunehmenden Luftangriffe damit bald wieder auf.

Mit Muttis Rad hat auch Marlene Rad fahren gelernt. Wir gingen zu dem Hügel am Landjahrlager, oben auf dem Berg hielt ich das Rad fest, Marlene stieg auf, ich schob sie an, sie rollte den Hügel runter und rief: „Halt mich fest!" Ich schrie: „Jaaa!", hatte das Rad aber längst losgelassen. Das wiederholten wir ein paarmal. Seitdem konnte meine Schwester Rad fahren.

Im Alter von zehn Jahren kam man zum Jungvolk. Das war die Kinderorganisation der Hitlerjugend. Soweit ich mich entsinne, hatte ich eine kurze schwarze Hose mit Koppel und Koppelschloss, ein braunes Hemd und vielleicht noch weitere Teile der Uniform, die ich zu den Jungvolkveranstaltungen anzog. Meistens war ich der Einzige, der die Uniform anhatte. Rudi Brohse aus Swinemünde kam ab und an nach dem Schulunterricht zu uns, übte mit uns antreten oder erklärte uns, wie die Geländespiele abliefen. Während ich versuchte, alles immer ordentlich zu befolgen, alberten die anderen Jungen, vor allem meine Großcousins, oft nur rum.

Einmal sollten wir in dem zwanzig Kilometer entfernten Usedom an einem Appell mit dem Fähnleinführer aus Swinemünde teilnehmen. Wir haben es zu Fuß aber bloß bis Kutzow geschafft. Dort sahen wir nur noch, wie der Fähnleinführer wieder mit dem Zug nach Swinemünde zurückfuhr und uns durch das offene Fenster zuwinkte. Wir trabten dann die fünf Kilometer von Kutzow wieder heimwärts und plünderten hinter Ulrichshorst ein Mohrrübenfeld, weil wir Hunger hatten.

Ein anderes Mal unternahm Brohse mit uns einen Geländemarsch. Wir waren auf den Wiesen zwischen Korswandt und Ulrichshorst. Aber wieder hampelten die meisten Jungen nur rum und trieben miteinander ihre Späße. Da befahl Rudi: „Laufen bis zum Horizont!" Wie der Blitz rannten fast alle davon. Als sie ein Stück weg waren, winkten sie noch mal und liefen dann schnurstracks nach Hause.

Die Sommerferien 1944 begannen schon Ende Mai und zogen sich hin: unser Klassenraum war von Soldaten belegt worden. Einquartierung; hatten wir auch. In Gerhards Zimmer haben einige Wochen zwei Zahlmeister gewohnt, von denen wir Kinder Schokolade bekamen, die es sonst nirgends mehr gab. Später wurde noch ein Soldat bei uns einquartiert, Herr Thomas aus Hannover, ein ruhiger, angenehmer Mann. Er half uns hier und da. Mit der Zeit war mir, als würde er zur Familie gehören. Eines Tages lag vor unserem Hoftor eine Eierhandgranate, die schon halb abgezogen war, Thomas trug sie ganz vorsichtig fort und vergrub sie tief in der Erde. Marlene und mir zeigte er, wie man mit Farben malt. Er brachte drei Sperrholzbrettchen mit, wir setzten uns in Gerhards Zimmer, in dem er jetzt wohnte, an den Tisch und malten unter seiner Anleitung mit Pinsel und Farbe einen bunten Vogel aufs Brett. Er hatte auch einen gemalt und der war am schönsten.

Wir spielten nun immer mehr in oder an Kriegseinrichtungen. Zum Beispiel in Splittergräben, die bei Fliegeralarm aufgesucht werden sollten. Es gab davon etliche im Dorf. Opa hatte hinter unserm Haus in eine Wegböschung auch einen gebaut. Der große, vorm Landjahrlager, war noch nicht fertig. In dem offenen Graben standen nur die Rahmen aus Kiefernstämmen. Auf denen turnten wir gerne rum. Ein Unterstand in der Böschung des Tannenbergs war mit Karabinermunition vollgepackt. Wir brachen eine Kiste auf, von einigen Patronen die Geschosse ab, schütteten das Schwarzpulver auf einen Haufen und zündeten es an. Pfff! Das gab eine schöne Stichflamme. Als wir einmal auf dem Tannenberg spielten, trafen wir Hannes Tesch. Der hatte ein Paar Handgranaten, von denen er die Sprengköpfe abschraubte, dann eine nach der anderen abzog, sie einige Meter wegwarf und sich daran erfreute, wenn der kleine Weißblechzünder mit einem ganz ungefährlichen Peng! explodierte.

Die Wehrmacht nahm im Herbst auch das Landjahrlager in Beschlag. Als wir noch viel kleiner waren, hatten Marlene und ich manchmal bei den Landjahrmädchen gespielt. Jetzt war dort eine Militärbäckerei eingerichtet worden, also eine Kommissbrotfabrik. Da stromerten wir auch rum, aber nur die Jungen, die Mädchen gingen jetzt eigene Wege. Das Bäckerkommando hatte neben dem Gebäude zwei große Zelte aufgebaut, die für uns natürlich Indianerzelte waren.

Im Dezember 1944 stand die Rote Armee an Ostpreußens Grenze. Bald danach zogen durch Korswandt die ersten Flüchtlinge, viele von ihnen zu Fuß mit einem kleinen Handwagen. Im Februar 1945 wälzte sich ein endloser Zug erschöpfter, hungriger Frauen, Kinder und Greise von Ost nach West über die Chaussee, der nur ein Ziel hatte: bloß nicht den Russen in die Hände fallen.

Korswandt bereitete sich auch auf den Endsieg vor: Das Dorf stand fortan unter der Befehlsgewalt eines Ortskommandanten. Nach allgemeiner Befehlslage war der Feind mit allen nur verfügbaren Mitteln aufzuhalten. Darum wurde von den Einwohnern auf Feldern und Wiesen zwischen Wolgastsee und Gothensee ein Panzergraben ausgehoben. Um die Panzer auf der Chaussee aufzuhalten, war quer über die Straße ein Lorengleis verlegt worden und seitlich davon stand ein mit dicken Kiefernstämmen beladenes Lorenuntergestell. Ich hatte diese einmalige Verteidigungsanlage gegen den Bolschewismus sofort als willkommenen Abenteuerspielplatz entdeckt. Als ich wieder mal auf den Baumstämmen spielte, vernahm ich plötzlich eine schnarrende Stimme: „Sofort da runter oder ich schieße!" Ich sah mich um: ein älterer Offizier – der Ortskommandant? Vorsichtshalber schlug ich mich seitwärts in die Büsche.

Opa war von der neuen Verteidigungslage auch betroffen: er musste zum Volkssturm. Das letzte Aufgebot? Alte Männer und halbwüchsige Hitlerjungen sollten Deutschland retten. Während die Alten froh waren, wenn sie nicht schießen mussten, ballerten die Jungen munter in der Gegend rum. Ab und an marschierte der Korswandter Volkssturm durchs Dorf.

Jochen Mundt, Horst Rossow, ich und manch anderer noch waren natürlich überall dabei, wo was los war. Wir hatten entdeckt, dass im Wald, auf dem alten Schützenfestplatz, unweit vom Forsthaus, viele Kraftfahrzeuge abgestellt worden waren. Also nichts wie hin. Autofahren: ein Traum. Da stand aber ein Wachsoldat, doch der drückte ein Auge zu und wir hier und da den Starterknopf: hei, wie das surrte und summte. Nach einer Weile rief uns der Soldat zu sich. „Jungs, kann mir denn nicht mal einer von euch ein paar Butterbrote holen? Ich hab einen schrecklichen Kohldampf." Ohne lange nachzudenken rannte ich schnell nach Hause und konnte Mutti erweichen.. Mit einer dicken Stulle kam ich zurück und gab sie dem Soldaten. Der ließ uns noch eine Weile die Batterien leerstarten und meinte dann, wir sollten jetzt lieber gehen, manchmal käme Kontrolle und dann gäbe es Ärger.

Die meisten Ostarbeiter in Korswandt wurden gut behandelt. Das junge Mädchen aus der Ukraine beim Major auf dem Seehof ebenso wie der Pole Jan bei Schimmels. Der Ukrainerin bei Förster Heuer ging es nicht so gut. Die Försterfrau hatte beim Einkaufen Frau Schimmel gefragt, wo sie denn für ihren Polen koche, sie würde alle drei Tage einen großen Topf Pellkartoffeln kochen, das wäre für ein russisches Dienstmädchen gut genug. Frau Schimmel hatte ausweichend geantwortet. Sie konnte ja nich sagen, dass Jan wie ein Familienmitglied bei ihnen lebte und ihr Mann, wenn er auf Urlaub war, ihm den Frontverlauf schilderte. Ohnehin war den Zwangsarbeitern das Vorrücken der Roten Armee nicht verborgen geblieben. Jetzt, da der Feind vor der Tür stand, wurden sie alle abgeholt.
 Marlene und ich kamen gerade dazu, als der Ahlbecker Polizist Brüssow Jan abführte. Brüssow war nur selten in Korswandt. Hin und wieder zog er den Lettkebrüdern Helmut und Hans-Joachim die Ohren lang, wenn sie was ausgefressen hatten. Jan hatte wohl schon den bevorstehenden Sieg gefeiert – seinen, nicht unseren – und war voll wie eine Strandhaubitze. Warum wurde er abgeführt? Ängstlich standen Marlene und ich am Straßenrand. Als Jan uns sah, rief er heftig: „Ihr Deitsches!", dann ging sein Koffer auf und die Sachen fielen heraus. Brüssow half ihm, alles wieder einzupacken und zog ihn dann mit sich fort, Richtung Ahlbeck.

Der Flüchtlingsstrom durch das Dorf nahm kein Ende. Swinemünde beherbergte im März 1945 mehr Flüchtlinge als Einwohner. Da erlitt die Stadt einen mörderischen Bombenangriff, dem mehrere zehntausend Menschen zum Opfer fielen. Im April mussten die Reste der Wehrmacht in Pommern hinter die Oder zurückweichen. Gegen Ende des Monats kam ein kleiner SS-Trupp auf unseren Hof. Die sichtlich erschöpften Männer liefen sofort in alle Ecken des Hofes, ließen die Hosen runter und sammelten sich die Läuse ab. Dann bekamen sie etwas zu essen. Als sie weiterzogen, sagten sie: „Wir sind die Letzten. Nach uns kommt nur noch der Russe."

In Ulrichshorst stand eine Baracke, in der Flugzeugmechaniker für den Flugplatz Garz ausgebildet wurden. Einer von uns Jungen hatte erfahren, dass dort Werkzeug zu holen war. Wir also hin mit den Fahrrädern. Die Ulrichshorster Bauern waren mit den Pferdewagen da, kippten das Werkzeug aus zwei, drei Kisten in eine und fuhren mit der davon. Aber für uns war auch noch was da. Ich belud mein Fahrrad mit einem großen Schraubstock, Feilen, Schraubenschlüssel Meißel, Blechscheren, Schraubenzieher und was ich sonst noch auf dem Rad unterbrachte. Dann ging es zurück. Ich musste das vollgepackte Rad schieben. Es war dunkel geworden. Alle anderen waren schon weit vor mir. Plötzlich schossen die Schnellfeuergeschütze vom Hasenberg mit Leuchtspurmunition nach irgendwelchen Flugzeugen. Scheinwerfer suchten den Himmel ab. Da kriegte ich aber Schiss, mein lieber Scholli. Doch ich bin unversehrt nach Hause gekommen.

Ein paar Tage später stand Gerhard plötzlich auf dem Hof. Mutti rief: „Mama, Mama, Gerhard ist da!", und fiel ihrem Bruder um den Hals. Ich war sehr froh darüber, dass mein Onkel wieder zu Hause war. Er hatte noch einen Kameraden mitgebracht. Die Männer gingen ins Haus, und zogen sich Zivilkleidung an. Ein Anzug von Gerhard passte auch dem Kameraden. Dann marschierten sie in den Wald hinterm Haus und versteckten dort ihre Uniformen und die Karabiner. Mutti und Oma machten den Heimkehrern was zu essen. Dann, bei Tisch, als alle, Oma, Opa, Mutti, Marlene und ich in der Stube saßen, erzählte Gerhard uns, wie sie in Swinemünde mit der letzten Fähre nach Usedom rübergekommen waren und er noch einen Landser aus dem Wasser gezogen hatte, der zu kurz gesprungen war.

An einem sonnigen Tag Anfang Mai tauchten am Himmel kleine russische Flugzeuge auf; sie flogen mit der Sonne im Rücken. Irgendwo wurde geschossen. Von den Korswandter Flakstellungen war nichts zu hören, doch es gab Werwölfe hier und da. An Schlößers Haus hing sofort ein weißes Bettlaken und im Handumdrehen hatte das ganze Dorf weiß geflaggt. Später trug der Wind Ascheschlusen von verbranntem Schilfrohr zu uns herüber. In Zirchow waren Brandbomben gefallen und einige Häuser abgebrannt. Korswandt wurde – wohl mehr aus Versehen – nur von zwei Schüssen getroffen. Einer zerriss bei Familie Matz ein Federbett, der andere traf an der Seeseite ein Fenster vom Idyll.

Das tatenlose Warten erzeugte eine nervöse Spannung: wann kommen die Russen? Gerhard wurde die Bilder aus Russland nicht los – was hatten sie dort alles angerichtet ... Doch bis zum Abend geschah nichts. Dennoch konnten die Russen jeden Moment auftauchen. Mutti wollte nichts riskieren und sagte Gerhard und den Eltern, sie wolle mit den Kindern lieber im Wald übernachten.

Am nächsten Morgen war im Dorf immer noch alles ruhig. Wir gingen wieder nach Hause und saßen dann alle in der Hinterstube. Oma holte eine Tasche, in der sie viele Süßigkeiten aufgehoben hatte. „Da esst, Kinder", sagte sie, „esst alle auf." Opa ging zur Tür. „Ich geh vors Haus Dung streuen."

Nach einer Weile bellte der Hund im Hof. Mutti sah in Gerhards Zimmer aus dem Fenster und rief: „Ein Russe! Er ist gleich am Tor!" Oma stellte die Tasche weg. Am Stubenfenster huschte ein Schatten vorbei. Dann knarrte in der Küche der Fußboden. Die Stubentür ging auf. Ein großer fremder Soldat stand in der Türöffnung. Er sah von einem zum andern, sah Gerhard an, zog eine riesige Pistole, machte damit eine Handbewegung zu Gerhard hin und sagte: „Dawai!" „Nein!", schrie Elfi, „nein!" Gerhard ging auf den Hof, blieb neben dem Küchenfenster stehen. Der Soldat trat drei Schritte zurück und hob den Arm. Als er auf Gerhard zielte, schwankte er hin und her. Vermutlich hatte er schon irgendwo ein „Wässerchen" gefunden. Opa kam auf den Hof, die Forke in der Hand, wurde aber sofort wieder nach draußen verwiesen. Der Schwankende versuchte abermals auf Gerhard zu zielen. Da kam Oma aus der Küche, stellte sich neben ihren Sohn, legte den Arm um seinen Hals und sagte: „Beide." Dabei zeigte sie abwechselnd auf sich und auf Gerhard. Der Pistolenlauf beschrieb jetzt größer werdende Kreise in der Luft. Plötzlich ließ der Soldat den Arm sinken und ging, die Pistole noch in der Hand, mit staksigen Schritten vom Hof. Als Oma und Gerhard wieder in die Küche kamen, saßen Mutti und Marlene weinend auf dem Kohlenkasten Ich hatte Todesangst gelitten und die ganze Zeit gedacht, es würde mir das Herz zerreißen.

Tags darauf erschien ein Offizier mit zwei Soldaten. Die sahen sich auf dem Hof, in den Ställen und im Haus um. Der Offizier sagte etwas zu Gerhard, der antwortete auf russisch, worauf der Offizier sich auf die kleine Bretterbank vor dem Schuppen am Haus setzte und Gerhard zu sich heranwinkte. Die Männer unterhielten sich dann eine Weile. Danach gingen die Russen wieder.

Der Offizier kam am nächsten Tag alleine zu uns. Er hatte statt seiner Uniformmütze einen Filzhut auf und begrüßte Gerhard freundlich. Der ging ins Haus und kam mit einer Flasche Kognak wieder heraus. Die Männer setzten sich jetzt wie gestern auf die kleine Bank und tranken abwechselnd aus der Flasche. Worüber sie sich unterhielten, konnte ich nicht verstehen, da sie russisch sprachen. Als die Flasche halb leer war, kam Oma aus der Küche und stellte einen Teller mit belegten Broten auf die Bank. Jetzt aßen die beiden vor jedem Schluck einen Happen. Dann war die Flasche leer und die Männer puterrot im Gesicht. Nach einer Weile verabschiedete sich der Offizier mit Handschlag von Gerhard und ging ziemlich geradeaus vom Hof.

Nach den ersten zwei, drei Tagen verließ die kämpfende Truppe mit ihren eleganten Ami-Lastwagen den Ort. Jetzt kamen die Etappenhengste; die mischten das Dorf so richtig auf. Viele Frauen und Mädchen wurden vergewaltigt, andere hatten sich versteckt oder konnten weglaufen. Das Vieh wurde fortgetrieben, bei uns zwei Kühe. Außerdem schlitzte ein Soldat Opas schöne alte Reisetasche auf, weil er die Verschlüsse nicht öffnen konnte. In der Tasche hatte Opa seinen gesamten Vorrat an Pfeifentabak aufbewahrt.

Wenn die Soldaten kamen, hörte man meistens: Frau komm, fünf Minut! oder Uri, Uri. Das mit Uri, Uri ging bei Nachbar Arthur Splittgerber mal eine halbe Stunde lang. Der Russe: „Uri, Uri dawai!" Darauf Arthur, der leicht stotterte: „Hab hab hab doch keine Uhr." – „Uri, Uri!" – „Hab hab hab doch keine Uhr, Ka ka merad." Und dazu kläffte die ganze Zeit Splittgerbers Hund, der sich auf Russen spezialisiert hatte.

Schäfers waren, warum weiß ich nicht, mit beiden Töchtern und Sack und Pack bei uns eingezogen; in dem Schuppen am Haus, wo auch Papas Fahrrad stand, konnte man nicht mehr treten. Unsere Gäste mussten sich zum Schlafen quer in die Beten legen, damit alle einen Platz fanden.

Familie Schäfer war noch gar nicht lange bei uns, da kam ein kleiner Lieferwagen vor unser Haus gefahren. Stange, Emil Schäfers früherer Kellnerkollege aus Swinemünde, erkundigte sich nach ihm. In seiner Begleitung waren einige russische Soldaten und ein Zivilist. Gerhard schaute aus dem offenen Fenster seines Zimmers und sprach mit Stange. Vor dem Haus standen auch Nachbar Arthur Splittgerber und Thomas, der seine Sachen holen wollte. Neben dem Haus hatte er einen Zweispänner stehen, mit dem er sich auf den Heimweg machen wollte. Stange wandte sich dann an Thomas und fragte ihn, ob er Soldat gewesen sei. Der sagte irgendetwas von roten Matrosen. Jetzt erschien Emil Schäfer neben Gerhard im Fenster, Stange redete eine Weile auf ihn ein.

Als er sich wieder umsah, war Thomas verschwunden. Stange rief den Soldaten etwas zu. Die sausten wie die Feuerwehr auf den Hof, suchten in allen Ecken, sprangen am Zaun hoch, rissen dabei ein paar Bretter ab – aber Thomas blieb verschwunden. Darauf schickte Stange die Soldaten ins Haus, die kamen mit Emil Schäfer wieder heraus und Stange hieß ihn in den Lieferwagen einsteigen. Frau Schäfer und ihre Töchter blickten dem davon fahrenden Auto traurig hinterher.

Arthur Splittgerber trat zu Gerhard ans Fenster. Er hatte als Einziger beobachtet, wie Thomas, während Stange auf Emil Schäfer einredete, sich Zentimeter um Zentimeter auf die Hausecke zubewegte, dann hinters Haus spurtete und wahrscheinlich im Wald verschwand.

Bei uns war jetzt alle naselang was los. Gerhard kannte eine Menge Leute. Ab und an kam jemand vorbei, suchte seinen Rat oder bat um Hilfe. Aber die meisten Besucher trugen Uniform und nahmen, wenn sie wieder gingen, was mit: Unser Aufziehgrammofon, obwohl es kaputt war, weil Marlene es zu straff aufgezogen hatte, Papas Fahrrad, das ein schon älterer Offizier im Schuppen entdeckt hatte, und vielleicht auch anderes noch. Doch nicht alle Soldaten kamen, um zu klauen. Ein Offizier wollte sich einfach nur mal richtig ausschlafen und das tat er auf dem Sofa in Gerhards Zimmer. Danach ging er wieder, ohne was mitzunehmen. Einmal spielte in der Hinterstube ein Soldat auf meiner kleinen Dreiviertelgeige, andere Soldaten sangen und tanzten dazu. Marlene und ich sahen alles durchs Fenster und waren begeistert von den schönen, fremden Klängen. Hinterher hing die Geige wieder dort, wo sie gehangen hatte.

Dann kamen aber auch Soldaten, die Gerhard befahlen, hier und da zu graben. Gerhard fragte uns schnell, ob wir dort was vergraben hätten, doch die Soldaten ließen an den falschen Stellen suchen. Natürlich hatten wir was vergraben. Ein Kleinkalibergewehr, ich weiß nicht mehr, wo es herkam, hat Thomas, gut eingeölt und in alte Lumpen gewickelt, in der Scheune im Roggenfach vergraben. In dem alten Schuppen mit dem Schilfrohrdach haben wir Hitlers Kopf verbuddelt, aber nur als Relief aus Silber; den Führerkopf hatte Papa mal für irgendeinen Sieg beim Laufen bekommen. Und neben dem Haus, auf dem Hof, liegt immer noch eine große Milchkanne in der Erde. Was drin ist, weiß ich nicht; wir haben sie nicht wiedergefunden. Das Klauen ließ aber nach mit der Zeit. Im Sommer kam eine Weile lang ein Offizier zu Gerhard, um deutsch zu lernen; er bezahlte für den Sprachunterricht – mit Speck.

Handwerker aus dem Dorf waren inzwischen dabei, in den Militäranlagen, die nicht von der Roten Armee besetzt waren, alles Brauchbare abzubauen. Gerhard hatte unser kleines altes Plumpsklo abgerissen und durch ein größeres mit einem Porzellanbecken ersetzt; das war für uns fast schon Luxus. Dann baute er Barackenteile ab, um mit ihnen den alten Schuppen zu ersetzen und im Dachraum des Hauses eine Wohnung einzubauen.

Zu der Zeit waren immer noch die Schäferfrauen bei uns. Ilse, die jüngere der Schäfertöchter, täuschte mit einem Kissen unterm Kleid eine Schwangerschaft vor und kein Besatzer hat sie angerührt. Als Splittgerbers Hund wieder mal russenverdächtig kläffte, sausten sofort alle Frauen los und versteckten sich in dem großen neuen Klo. Tatsächlich kam ein Offizier zu uns auf den Hof, sah sich eine Weile um und steuerte dann mit entspanntem Gesichtsausdruck schnellen Schrittes auf das Örtchen zu. Als er die Klotür aufmachte, sprang ein halbes Dutzend kreischender Frauen heraus und rannte in alle Richtungen davon, Da konnte sich der Mann ein leichtes Schmunzeln nicht verkneifen. Er hatte aber ein ganz anderes Bedürfnis. Doch so glimpflich ging es nicht immer ab.

Manchmal bekamen wir auch Besuch, wenn wir schon im Bett lagen. Die Soldaten waren zu dritt oder zu viert und fragten Gerhard wer die Frauen seien, mit denen er in unseren Schlafzimmerbetten lag. Gerhard antwortete: „Žena" (Ehefrau). Bei Mutti: „Sestra" (Schwester). Wenn er nichts mehr zu sagen wusste, hieß das: Frau komm!

Den Sommer 1945 verbrachten wir Jungen nicht nur am Wolgastsee, sondern auch auf den verlassenen Flakstellungen. Bei den 3,7-Geschützen auf dem Hasenberg lag sehr viel Munition herum. Wie schon bei der Karabinermunition hebelten wir auch von den 3,7-Granaten das Geschoss von der Kartusche und schütteten das Stangenpulver heraus. Eine Pulverstange war etwa so groß wie eine dünne Stricknadel. Ich steckte mir eine Menge Stangenpulver für zu Hause ein, weil man damit schnell Feuer anmachen konnte, wenn es dann auch ein bisschen stank.

Später warfen wir leere Kartuschen gegen den Schild einer Flak, das machte einen Höllenlärm. Ich warf Schnellfeuer, links greifen, rechts werfen. Bang, bang, bang. Auf einmal kam eine Kartusche mit einem aufgerissenen Rand. Ich konnte nicht mehr bremsen und riss mir zwischen Mittel- und Zeigefinger die rechte Hand auf. Horst Rossow sagte: „Wir suchen einen Pupserpilz (Bovist), den machst du drauf, dann hört es auf zu bluten." Wir fanden auch einen. Ich drückte ein Stück auf die Wunde und nach einer Weile war das Blut tatsächlich gestillt.

Am nächsten Tag kamen wir mit einem jungen Rotarmisten ins Gespräch, der wohl etwas Deutsch verstand. Um mich anzubiedern sagte ich: „Hitler Scheiße." Darauf der Soldat: „Gitler Scheiße, Stalin Scheiße." Wir gingen mit ihm zu einem kleinen Waffenlager, nicht weit von Handtkes Haus am Köterende. Düskau, ein Waffenhändler aus Swinemünde, hatte dort in einer unterkellerten Schiffskajüte Kleinkalibergewehre, jede Menge verschiedenster Munition sowie Hieb- und Stichwaffen eingelagert. Die Tür war aber schon aufgebrochen, alles durchwühlt und viele Gewehre unbrauchbar gemacht. Wir fanden auch Schreckschussmunition, die steckten wir ein und knallten damit im Dorf rum. Mit solchen und ähnlichen Unternehmungen verbrachten wir den Sommer.

Eines Tages mussten wir auch wieder in die Schule gehen. Hannemann machte einen leicht geknickten Eindruck. Zunächst entnazifizierten wir unser „Deutsches Lesebuch für Volksschulen". Dreißig Seiten mit den Abschnitten „Jugend und Volk" sowie „Siegen und Schaffen" rissen wir heraus, weil sie Beiträge von Hitler, Göring und anderen Nazigrößen enthielten, weitere überklebten wir. Viele andere Bücher wurden später aussortiert und in einem Raum neben den Toiletten gesammelt.

Bald nach der Lesebuch-Entnazifizierung unternahm unser Lehrer mit uns eine Wanderung zu der Flakstellung am Zernin. Beim Turm der Vierlingsflak fanden wir ölgetränkte Papphülsen, in denen Munition verpackt gewesen war. Die nahmen wir, zündeten sie an und gingen dann durch die dunklen Bunker der Flakbatterie. Dass an den Bunkerwänden Klappbetten waren, ist alles, was ich von der Bunkerbesichtigung behalten habe. Ich weiß auch nicht mehr, warum Hannemann mit uns dort hingegangen ist.

Gerhard hatte den alten Schuppen abgerissen, einen neuen aufgebaut und war auch mit der Wohnung im Dachraum schon fast fertig. Nur die Verlegung der Elektroleitungen bereitete ihm etwas Kopfzerbrechen. Wenn ich mich recht entsinne, hatte er nur Stahldrahtkabel, das für Feldtelefone der Wehrmacht verwendet wurde, und von dem hier und da noch einige Rollen herumlagen; auch war ihm die Verdrahtung in den Verteilerdosen nicht ganz klar. Als die Lampen dann aber doch brannten, steckte Gerhard sich eine Papirossa an, die er manchmal von russischen Soldaten bekam. Ich sagte – mehr aus Spaß – : „Und mir gibst du keine?" Da hielt er mir die Zigarette hin, worauf ich einen kräftigen Lungenzug nahm. Nach fünf Minuten wurde mir schlecht, ich fühlte mich hundeelend und lag hinterher den ganzen Nachmittag auf der Couch. Der erste Lungenzug im Alter von elf Jahren hat meine Einstellung zum Tabakrauchen nachhaltig geprägt.

Neben seiner eifrigen Bautätigkeit half Gerhard auch bei der Ernte. Die Arbeit der Bauern war ja ohne Hitler genau dieselbe wie mit Hitler und die Besatzungsmacht änderte daran auch nichts. Das Vieh, soweit noch vorhanden, war wie immer Tag für Tag zu versorgen, Heu und Korn mussten eingefahren werden und dann war auch noch Adolfs Militärschrott wegzuräumen, wozu meistens Pferd und Wagen nötig waren.

Im Sommer fünfundvierzig hatte Opa ein tolles Pferd, einen Braunen, der wohl Hans hieß. Mit Hans und Wagen und mit mir war Gerhard in Ahlbeck. Als wir zurückfuhren, hatte ich einen ganz jungen Schäferhund auf dem Schoß, der fortwährend winselnd zurücksah, weil er sich wohl nach seiner Katzenamme sehnte, die ihn gesäugt hatte. Warum da keine Hundemutti war, weiß ich nicht. Wie alle unsere Hunde – außer Rio – hieß er Lux.

Von den Hunden kannte ich vier. An den ersten habe ich nur eine schwache Erinnerung. Er war etwa so groß wie ein Schäferhund und hatte vielleicht ein braunes Fell. Zu der Zeit flogen ständig Jäger der Luftwaffe niedrig an unserem Haus vorbei zum Flugplatz Garz. Der braune Lux rannte dann, wenn er draußen war, laut bellend mit einem Affenzahn bis zur Funkstation hinter dem Flugzeug her. Später hatten wir eine ganze Zeit den gelben Lux. Der hatte Staupe und ist daran vielleicht eingegangen. Danach kam Rio, der Wachhund. Rio hat uns tapfer verteidigt. Dafür bekam er von der Besatzungsmacht eins mit der MPi verpasst, das hat er äußerlich gut verwunden. Ich weiß nicht, was aus ihm geworden ist. Sein Nachfolger war der kleine Lux, den wir aus Ahlbeck mitgebracht hatten. Er wurde der Spielgefährte meiner späten Kinderjahre.

Marlene und Manfred im Sommer 1942 mit dem gelben Lux vor dem Rhabarber, den Mutti vorm Haus gepflanzt hat. Im Herbst blühten dort oft prächtige Dahlien.

Lux, der Letzte, elf Jahre alt, schon bei fremden Leuten.

Unser Grammofon war von der Besatzungsmacht höchstpersönlich bei uns abgeholt worden, jetzt, so hieß es, hätten die Besatzer angeordnet, alle Radios seien abzugeben. Also lud Opa sich unseren schönen Graetz auf die Schulter und trabte damit zum Bürgermeister. Der hieß nun nicht mehr Johann Ludwig, sondern Reinhold Raetz. Aber sonst kamen wir mit den neuen Machthabern ganz gut aus.

Gerhard hatte sich mit Soldaten des Kommandos von der Funkstation angefreundet. Bald danach stand auf Omas Waschtoilette ein Feldtelefon, mit dem Gerhard die Männer auf der Funkstation anrufen konnte. Warum das Telefon eingerichtet worden war, und wer daran ein Interesse hatte, kann ich nicht sagen.

Mein Onkel strebte aber wohl noch eine andere Freundschaft an. Im Landjahrlager wurde eine Zeit lang Milch verkauft. Vor dem Tor stand dann oft eine Schlange, zumeist Frauen, die Gerhard von seinem Fenster aus sehen konnte. Einmal rief er mich ans Fenster zeigte mir eine junge Frau in der Schlange und sagte: „Bring der mal diesen Brief hin." Dann legte er den Brief in seine Schapka, die er aus Russland mitgebracht hatte, und setzte mir die Pelzmütze auf. Ich stolzierte also zum Landjahrlager, machte vor der jungen Frau, die ich bildschön fand, einen Diener, ließ dabei die Schapka in meine Hände fallen und gab ihr den Brief.

Beim Major auf dem Seehof saß auch ein Kommando. Dort ging Mutti jeden Tag hin und kochte zusammen mit anderen Frauen aus dem Dorf für die Soldaten. Nachmittags brachte sie für uns Essen mit. Das konnten auch wir Selbstversorger gut gebrauchen, denn es fehlte jetzt fast an allem, was man zum Leben braucht.

Zu dem allgemeinen Mangel, der sich schnell ausbreitete, kam auch noch eine Stromsperre. Wir saßen Abend für Abend einige Stunden im Dunkeln. Ich hatte von einem abgeschossenen Jagdflugzeug Plexiglas mitgebracht, das zündeten wir an, doch es stank mehr als es leuchtete. Oma holte ihre Petroleumlampe wieder hervor, die leuchtete heller als mein Plexiglas und stank auch nicht.

Aber bei all dem Ungemach waren wir nicht unglücklich, wir hatten auch gar keine Zeit, Trübsal zu blasen, denn wenn wir nicht verhungern wollten, musste vor allem die Ernte eingebracht werden. Hans, der Braune, bewährte sich dabei bestens. Das erste Heu war schon eingefahren und auch das Korn war fast unter Dach und Fach. Doch dann kamen einige russische Soldaten auf den Hof und sahen sich in den Ställen um. Danach sagten sie, sie müssten jetzt erst mal nach Garz, aber wenn sie zurückkämen, würden sie das Pferd abholen. Einem Bauern das Pferd nehmen … Als die Soldaten Hans vom Hof führten, stand Opa mit einem Hammer in der Hand hinter der Pforte. Doch sie beachteten ihn überhaupt nicht und zogen lachend davon. Mein Großvater aber stand immer noch reglos da, den Hammer in der Hand und Tränen in den Augen.

Es war schon Herbst. Ich spielte mit ein paar Jungen auf der Badebrücke am See. Irgendwo hatte ich einen ausgeglühten Karabinerlauf ohne Kolben gefunden, in den steckte ich Stangenpulver und zündete es an. Das ging so eine Weile. Dann stopfte ich den Lauf prall voll. Als die Stangen kaum brannten, sauste der Lauf zischend über die Brückenbretter und schoss wie eine Rakete ins Wasser. Wir waren gleichermaßen verblüfft und begeistert. Bei mir reifte eine Idee.

Tags darauf machte ich mich gleich nach der Schule daran, eine Stangenpulverpistole zu bauen. Aus einem passenden Brett schnitt ich mir einen Griff aus, befestigte darauf ein am hinteren Ende zugeschweißtes Wasserleitungsrohr und steckte vorne auf das Rohr die leere Hülse einer Leuchtstoffpatrone, die ich mal gefunden hatte. Zum Laden zog ich die stramm sitzende Leuchtstoffhülse ab, stopfte das Rohr voll Stangenpulver, steckte die Hülse wieder aufs Rohr und eine Stange durch das Zündhütchenloch. Dann hielt ich ein brennendes Zündholz dran. Wie der Karabinerlauf auf der Brücke knallte die Patronenhülse davon und der

Feuerregen des Stangenpulvers hinterher. Die Hülse flog zwar nur ein paar Meter weit, aber ich war von meiner Erfindung hingerissen.

Am nächsten Abend sah man überall im Dorf das Stangenpulverfeuer. Wer von uns Jungen was auf sich hielt, hatte eine Stangenpulverpistole. Doch die Schießwut fand ein jähes Ende. Jochen Mundt hatte sich natürlich auch ein solches Gerät gebaut. Aber bei ihm war das Rohr hinten nicht zugeschweißt; da war nur ein Metallpfropfen drin. Als er seine Ladung zündete, ging sie nicht nach vorne, sondern nach hinten los und der Metallpfropfen steckte kurz unterm Bizeps in seinem Arm. Zum Glück hat Jochen keinen bleibenden Schaden davongetragen. Die Stangenpulverpistole aber verschwand danach ebenso schnell wieder, wie sie gekommen war.

Im Dorf machte ein Gerücht die Runde: Swinemünde solle polnisch werden. Irgendjemand wollte erfahren haben, die Siegermächte hätten in Potsdam vereinbart, Polen bis an die Oder nach Westen zu verschieben. Auf Usedom würde die polnische Westgrenze hart westlich von Swinemünde verlaufen. Für die meisten Korswandter war das unvorstellbar. Als aber im Herbst die ersten Swinemünder nach Korswandt kamen, war der Jammer groß und bei vielen auch die Wut. Gleich hinterm Wolgastsee begann jetzt Polen. Daran hatten die Leute lange zu kauen.

Einige Swinemünder kamen in Korswandt unter. Max Dürkoop richtete sich seine Schmiede auf eigenem Grundstück ein. Die große Familie von Elektromeister Hans Diebitz übernachtete zunächst auf einem Dachboden im Heu, wohnte dann im Idyll und zog schließlich in ein Gebäude des Landjahrlagers. Aus Alu-Tankbehältern für Flugzeuge stellte der Meister Kochtöpfe her und hielt sich damit über Wasser. Otto Bernd, der Chef des Swinemünder Wasserwerks, wohnte wieder in seinem Haus gegenüber vom Idyll. Andere zogen zu Verwandten oder Bekannten. In Korswandt fanden an die zwanzig Familien aus den verlorenen

Ostgebieten und wohl auch aus dem Sudetenland eine neue Heimat.

Plünderungen am Tage kamen jetzt nur noch selten vor. Aber einige abgelegene Gehöfte waren nachts überfallen worden. Handke am Köterende und Lettkes auf dem Berg wurden ausgeraubt. Auch das Forsthaus war betroffen. Als Förster Heuer und sein Sohn Lothar laut um Hilfe riefen, hatten die Einbrecher ohne zu zögern geschossen, Vater und Sohn starben. Seitdem gingen jede Nacht zwei Männer als Nachtwächter durchs Dorf, aber was konnten die gegen bewaffnete Marodeure schon ausrichten.

Wenn das Eis auf dem Wolgastsee in strengen Wintern dick genug war, wurden für den Eiskeller im Idyll große Blöcke aus dem Eis gesägt. Wir mussten dann beim Schlittschuhlaufen aufpassen, um nicht auf dem dünnen, neu gefrorenen Eis einzubrechen. Einem wurde irgendein Eisloch zum Verhängnis. Während die meisten von uns Schlittschuh liefen, stakte Otto Krüger sich mit zwei Stöcken, in denen unten ein Nagel steckte, auf seinem Schlitten übers Eis. Als wir alle nach Hause gingen, blieb Otto noch mit seinem Schlitten auf dem See. Später hieß es, er sei unters Eis geraten und ertrunken. Krügers hatten ihre beiden großen Söhne schon im Krieg verloren.

Mein Spitzname Memi war mit der Zeit in Vergessenheit geraten. Jetzt tauchte ein neuer auf: Minka. Sein Urheber war Wolfgang Mundt, der ältere Bruder von Jochen. Warum und wie er auf einen Mädchennamen kam, weiß ich nicht, jedenfalls nannten mich bald alle nur noch Minka. Der Name hat mich lange begleitet und einige meiner Kindheitsgefährten nennen mich heute noch so.

Anfang Februar sechsundvierzig war Papa plötzlich wieder da. Die Amerikaner hatten ihn in Norwegen gefangen genommen und nach Frankreich in ein Lager gebracht. Mutti war überglücklich, ein Furunkel an ihrem Bein, das nicht heilen wollte, war ein paar Tage nach Papas Heimkehr verschwunden. Was für eine Freude: Gerhard und Papa waren gesund aus dem Krieg zurückgekommen. Andere Familien hatten nicht so viel Glück. Tante Lieschen, Muttis beste Freundin, verlor ihren Mann Georg Winkler und ihren Bruder Konrad Witt, Opas Schwester Klara ihre beiden Söhne Werner und Willi Mundt, Krügers und Runges und Meyers und Ganzows und Krohns und Hermanns und …

Gedenktafel auf dem Korswandter Friedhof

Wir waren nun, wie vor dem Krieg, wieder vollzählig. Und es sollte noch jemand dazukommen. Gerhard und die junge Frau, der ich im vorigen Sommer in der Pelzmütze Gerhards Brief gebracht hatte, wollten heiraten. Die Frau hieß Waltraud Labahn. Ihre Familie wohnte nach dem Verlust Swinemündes bei einer Freundin von Waltrauds Mutter in Korswandt. Die Hochzeitsfeier fand Anfang März bei uns statt, da Labahns sehr beengt wohnten. Obwohl ich damals schon zwölf Jahre alt war, kann ich mich an die Feier kaum erinnern. Sie wird wohl auch bescheiden ausgefallen sein, ein knappes Jahr nach Kriegsende. Wir hatten trotz der Landwirtschaft grade mal satt zu essen. Vielleicht hat aber auch ein anderes Ereignis meine Erinnerung an die Hochzeitsfeier verdrängt.

Traudchen und Gerhard waren noch in den Flitterwochen, da wurde, als wir alle schliefen, auch bei uns eingebrochen. Das lief etwa so ab: Durch ein Fenster drangen bewaffnete Männer in unser Schlafzimmer ein und trieben alle in Omas Hinterstube zusammen. In der Küche und im Flur patrouillierte ein stämmiger Bursche in dunkelblauer Uniform mit umgehängter Maschinenpistole. Plötzlich fing Mutti gellend an zu schreien. Sie hatte bemerkt, dass ich nicht mit in der Hinterstube war. Ich schlief seelenruhig auf der Couch weiter, während die Strolche unseren Kleiderschrank plünderten. Mutti holte mich. Ob Gerhard versucht hat, mit dem Feldtelefon seine Freunde von der Funkstation anzurufen, weiß ich nicht. Dann wollten Papa und Gerhard im Nachthemd die Einbrecher überwältigen, immerhin waren sie ausgebildete Soldaten, sie wurden aber von den Frauen zurückgehalten. Schließlich war der Spuk zu Ende und unser Kleiderschrank fast leer.

Am nächsten Morgen gingen Papa, Gerhard und Mutti bis zum Wasserwerk und fanden unterwegs einige der gestohlenen Sachen, auch Muttis Fuchspelz. Im Dorf wurde gemunkelt, dass die Russen vom Wasserwerk die Einbrecher wären, es hieß auch, von den Soldaten der Funkstation sei einer bei den Dieben erkannt worden. Papa ging bald nach dem Einbruch daran, für alle Fenster Bretterläden zu zimmern. Die wurden dann lange Zeit jeden Abend vor die Fenster gestellt und innen befestigt. Sie bewahrten uns vielleicht vor weiteren nächtlichen Überfällen.

Gerhard und Traudchen verließen uns Ende März, sie folgten anderen Inselbewohnern, die hofften, im Westen besser voranzukommen. Doch 1946 war auch Westdeutschland nicht das Land, wo Milch und Honig fließen. Mutti schickte Briefe und Pakete. Im westfälischen Ölde waren die jungen Eheleute untergekommen; mehr schlecht als recht schlugen sie sich durch. Gerhard schrieb in einem Brief: „Immer wenn du denkst, es geht nicht mehr, kommt von irgendwo ein Lichtlein her …" Gemeint war ein großes Lebensmittelpaket aus der Heimat. Im November erhielten wir die freudige Nachricht: „Unser Reiner ist da. Mutter und Kind sind wohlauf."

Opas Haus nach Dachausbau und Einbruch. Rechts: die zwei Fenster von Gerhards Zimmer, das linke mit Fensterladen (hell). Vor der großen Pappel: Manfred, Otto und Marlene.

Nach der Entnazifizierung durfte Lehrer Hannemann uns nicht mehr unterrichten. Wir bekamen eine Neulehrerin, sie hieß Fräulein Strack. Die junge Frau sprach englisch, war sehr gebildet und ansonsten guten Mutes.

Hannemann hatte uns ab und an mit dem schuleigenen Filmvorführgerät einen Stummfilm gezeigt: „Bärenjagd in den Karpaten" oder den hübschen Trickfilm „Von einem, der auszog das Gruseln zu lernen", nach dem Märchen der Brüder Grimm. Jetzt, nach Unterrichtsschluss, erläuterte er unserer Lehrerin die Bedienung des Filmvorführgeräts. Auf dem Gerät stand: Made in Germany. Ich las die drei Wörter laut vor: Made in Germani. Obwohl ich wusste, was Maden sind, verstand ich den Sinn der Wörter nicht. Hannemann und Fräulein Strack wechselten einen schnellen Blick, worauf sie rot wurde. Wir hatten bei ihr schon eine Weile Englischunterricht, aber mir hatte keiner erklärt, dass – und vor allem warum – auf einem deutschen Filmapparat ein englischer Text steht.

Zunächst ging es ganz gut mit unserer Neulehrerin, doch bald änderte sich das. Wir strebten dem Höhepunkt unsrer Flegeljahre zu, Fräulein Strack konnte mit ihrer unzureichenden Pädagogikausbildung darauf nicht angemessen reagieren. So hat sie dann nach und nach nicht nur die Hannemannschen Rohrstöcke, sondern auch alle Völkerballfahnenstangen, Besenstiele und was ihr sonst geeignet erschien auf unseren Körpern kurz und klein geschlagen. Doch wir standen das durch – unsere Lehrerin nicht. Sie wurde bald von anderen Lehrern abgelöst.

Nach dem Krieg war ich ständig auf Achse, um irgendwas zu organisieren. Am Wolgastsee hatte ich Emil Schäfers Tesching gefunden und kam mit Indianergeheul den Weg hinter unserem Haus runtergerannt. Gerhard grub dort Muttis Gemüseacker um. Als er mich sah, rief er: „Bist du des Teufels? Bring sofort die Knarre weg!" Ich rannte enttäuscht in den Wald und versteckte dort das Gewehr. Später habe ich es noch oft gesucht, aber nicht wiedergefunden.

Ein Leichtmotorrad, das ich auch irgendwo habe mitgehen lassen, wurde besser aufgenommen. Es stand lange in der Scheune. Dann hat Gerhard es gegen ein größeres Motorrad eingetauscht.

Später habe ich mir mit zwei Fahrrädern einen Wagen gebaut, der war aber nicht sehr stabil. In zunächst noch nicht gesprengten Gebäuden der Peilstelle auf dem Ahlbecker Berg fanden wir, ich war mir den Lubbebrüdern unterwegs, allerlei Brauchbares. Doch als wir die Chaussee erreicht hatten, mussten wir die Hälfte wieder abladen, weil der Wagen zusammenzubrechen drohte.

Dann entdeckte ich Schlauchboote im Wald vor Ulrichshorst. Die kleinen waren aber alle schon weg, als ich mir ein Boot holen wollte. Wieder halfen mir die Lubbejungen. Mit viel Mühe gelang es uns, eins der großen Boote auf mein gebrechliches Gefährt zu laden. Doch an der nächsten Baumwurzel fand auch mein Unternehmen Schlauchboot ein jähes Ende: ein Rad knickte ein. Danach widmete ich mich mehr meiner Werkstatt, die ich mir in Gerhards neuem Schuppen mit dem Werkzeug aus der Ulrichshorster Baracke eingerichtet hatte.

Angesichts der dürftigen Ernährungslage baute Papa sich Kaninchenställe und zog darin Stallhasen groß. Für Futterbeschaffung waren Marlene und ich zuständig. Löwenzahn und Franzosenkraut fanden wir reichlich in der Nähe des Hauses, Bornkloben (Bärenklaue) holten wir von der Wiese neben unserer Koppel am Köterende. Die Kaninchenzucht kam gut voran, aber hin und wieder erkrankte ein Tier an Ohrräude; die behandelte Papa dann mit Schwefelblüte. Ab und an schlachtete mein Vater ein Huhn, daran kann ich mich erinnern, ob er auch seine Kaninchen schlachtete, weiß ich nicht, ebenso wenig, ob es bei uns jemals Kaninchenbraten gab. Das Gulasch mit Schmorsoße und Makkaroni, welches Mutti sonntags manchmal kochte, und das Papa so gerne aß, ist mir heute noch in bester Erinnerung.

Mein Vater ging noch öfter nach Swinemünde, als die Polen schon da waren. Eines Tages kam er nicht mehr zurück. Mutti war todunglücklich. Als wir abends mit ihr in den Ehebetten lagen, malte sie sich in den schwärzesten Farben aus, was mit unserem Papa passiert sein könnte. „Vielleicht liegt er nun da irgendwo im Wald. – Denkt ihr, Kinder, dass Papa noch lebt?" Das war eine schwerwiegende Frage. Mir war wieder so, wie damals, als Mutti mich fragte, ob mir beim Angeln die Fische nicht leidtäten. Darüber hatte ich noch nie nachgedacht; beinah hätte Mutti mir das Angeln verleidet.

Papa kam dann aber doch wieder und hatte viel zu erzählen. Er war aufgegriffen worden, als er überhaupt nicht damit gerechnet hatte. Mit vielen anderen Leuten wurde er von den Polen festgehalten und musste für sie arbeiten. Als einmal ein großer schwerer Stahlschrank von einem Gebäude in ein anderes transportiert werden sollte, waren zunächst alle ratlos. Mein Vater sagte den Polen, er würde das erledigen, wenn sie ihn machen ließen. Er suchte sich ein paar kräftige Männer aus, baute mit ihnen stabile hölzerne Rampen, schnitt mehrere Rundholzrollen zurecht und rollte zusammen mit den Männern das stählerne Ungetüm an seinen neuen Standort. Seitdem hatte Papa bei den Polen einen Stein im Brett: Otto dobrze. Er leitete jetzt alle Arbeiten und durfte auch Leute nach Hause schicken, wenn sie krank oder zu schwach für die Arbeit waren. So ließ er einen Kaufmann aus Ahlbeck heimkehren, der in der Kaiserstraße neben der Wohnung von Tante Anneliese, Papas Schwester, ein Lebensmittelgeschäft betrieb. Dafür hat der Mann sich später bei Papa mit einem Sack Graupen bedankt.

Aus irgendeinem Grund war Mutti in der Wohnung von Herta Schlößer. Während des Gesprächs fiel ihr ein Radio im Zimmer auf, das ihr bekannt vorkam. Nach einer Weile dachte sie: „Ist das unser Graetz?" Er war es. Irgendwer hatte das furnierte Gehäuse schwarz angestrichen und innen einen Zettel reingeklebt, auf dem Mende stand. Natürlich haben wir uns den Graetz zurückgeholt. Danach waren wir lange damit beschäftigt, von dem Gerät die schwarze Farbe abzukratzen Äußerlich war der Glanz wohl dahin, aber innerlich glänzte der Superhet-Empfänger wie eh und je mit seinem schönen Klang.

Papa hatte eine Stelle als Straßenwärter angetreten. Mit zwei Helfern musste er dafür sorgen, dass die schlimmsten Schlaglöcher in der Chaussee von Ahlbeck bis Kutzow immer wieder beseitigt wurden. Die gepflasterten Abschnitte waren ganz gut in Schuss, doch der größere, asphaltierte Teil hatte Löcher wie ein Schweizer Käse. Viel Geld war bei der Straßenflickerei nicht zu verdienen, aber mein Vater konnte nebenher seinen Hausbau fortsetzen, wenn er nicht, um mehr Geld zu verdienen, irgendwo auswärts arbeitete, und das Haus stand ganz oben auf Muttis Wunschliste.

Die nötigen Zeichnungen hatte Gerhard angefertigt. Arthur Splittgerber war fleißig am Mauern und mit den Kellerwänden fast fertig. Zu der Zeit war es mühsam, Baumaterial zu beschaffen. Manches holte Papa aus den Militäranlagen. Kupferkabel, die auf Veranlassung der Besatzungsmacht ausgegraben wurden, waren manchmal statt mit Kabelabdeckhauben mit Mauerziegeln abgedeckt. Da die Ziegel am Graben liegen blieben, holten wir uns so viele, wie wir nur kriegen konnten.

Auf der Peilstelle war auch manches zu holen. Wir hatten an einem Kabelgraben Hartbrandziegel gefunden und setzten sie zu Stapeln auf. Während wir die Ziegel zusammentrugen, kamen ein Mann und eine Frau mit einem kleinen Wagen. Der Mann hatte nur ein Bein und ging an Krücken. Als die Frau anfing, Ziegel in ihren Wagen zu laden, sagte Papa: „Das sind alles meine." Darauf erwiderte der Mann: „Ich brauch doch nur zweihundert – für'n Ofen." Mein Vater hielt einen Moment inne und sah den Mann an. Vielleicht ging ihm durch den Kopf, dass er mit zwei Beinen aus dem Krieg heimgekehrt war. „Gut", sagte er dann,

„nehmt euch was ihr braucht", und half der Frau, den Wagen zu beladen. Alles, was Papa zu transportieren hatte, auch die Ziegel von der Peilstelle, fuhr Waldi Packmor aus Ahlbeck mit seinem Lastkraftwagen, so wie Arthur Splittgerber alles mauerte, was an dem Haus zu mauern war.

Die Landarbeit war schwer und dreckig und hinterließ bei den Betroffenen ihre Spuren. Im Sommer, besonders wenn es sehr heiß war, wurden die Kühe in der Koppel von allerlei Fliegen und den dicken Pferdebremsen gepiesackt. Um die Plagegeister loszuwerden, schlugen die Tiere dann wild mit dem Schwanz um sich. Beim Melken traf eine Kuh Oma ins Auge, das sie fortan mit Augentropfen behandeln musste. Danach wurde vor dem Melken der Schwanz immer am Bein der Kuh festgebunden. Meine Großmutter hatte auch ständig Probleme mit ihren Beinen und musste Gummistrümpfe tragen. Sie hasste das ärmliche Bauerndasein noch mehr als meine Mutter.

Mutti klagte nach der Feldarbeit häufig über Hartspann im Schulterbereich und sagte dann öfter zu Marlene und mir: „Kinder, knüdelt mich mal." Das half ihr aber erst, als wir schon größer waren und fester zugreifen konnten. Sie litt auch unter Kopfschmerzen. Während Oma und Mutti oftmals ihr Schicksal lauthals verwünschten, habe ich nie gehört, dass mein Großvater sich beklagt hätte; er hat jeden Ärger und jeden Kummer in sich hineingefressen.

Obwohl Opa häufig wie ein Bierkutscher in den Ställen fluchte und, jähzornig, auch mal auf die Kühe eindrosch, war er im Grunde seines Herzens – wie alle Schmidts – ein gutmütiger, schalkhafter Mensch, der keiner Fliege was zuleide tun wollte. Die Landarbeit mochte er wohl. Aber unter dem häufigen Gezänk mit seiner Frau litt er und vielleicht taten ihm auch die Tiere leid, die er schlachtete. Als einmal im Kuhstall das Schwalbennest mitsamt der Brut vom Deckenbalken in den Kuhmist gefallen war, nagelte Opa ganz schnell ein Holznest an den Balken, setzte behutsam die Jungen hinein und – das Schwalbenpaar fütterte weiter.

Oma, Marlene und ich aßen in der Hinterstube Mittag. Ich hatte meine Lieblingshose an, eine Arbeitshose der Landjahrmädchen mit großen, heilen Taschen, die ich bei der Auflösung des Lagers bekommen hatte. Da ich immer etwas zapplig war, wippte ich mit dem Bein hin und her. Dabei streifte der derbe Hosenstoff das Tischbein und das hörte sich genauso an, als wenn Opa auf dem Hof Holz sägte. Opa war aber gar nicht zu Hause. Jetzt fing ich richtig an zu sägen. Da drehte Oma, die mit dem Rücken zum Fenster saß, leicht den Kopf und sagte: „Wekker socht dor?" (Wer sägt da?) Ich hielt inne. Sie schaute verwundert drein und aß weiter. Mir saß der Schmidtsche Schalk im Nacken: ich sägte weiter. Abermals hob sie den Kopf und wusste nicht, woran sie war. Das trieb ich so ein Weilchen. Dann durchschaute Marlene mein Spiel und beendete den Schabernack, weil Oma ihr leidtat.

Im nächsten Winter vergnügten wir uns fast jeden Tag auf dem blitzblanken Spiegeleis des Wolgastsees. An einem Wochenende war richtig was los. Mit den jungen Leuten der Neudörfler hatten wir längst Freundschaft geschlossen. Die Jüngeren, aber auch viele Ältere, alle, die nur irgendwie ein Paar Schlittschuhe ergattert hatten, tummelten sich auf dem Eis. Ich fühlte mich eigentlich schon mehr zu den Mädchen hingezogen, sah dann aber, wie ältere Jungen am Ufer das Eis aufhackten. Was war da los? Donnerwetter! Die Burschen zogen etliche 8,8-Flakgranaten aus dem Wasser. So sah also die Munitionsbergung aus: einfach alles in den See gekippt. Dann hebelten sie das Geschoss von der Kartusche, stellten sie senkrecht aufs Eis, zogen eine Stange etwas heraus und zündeten sie an. Aus sicherer Entfernung sahen wir einen wunderschönen Feuerregen. Mit den daumendicken und etwa achtzig Zentimeter langen Pulverstangen aus den restlichen Kartuschen legten wir diagonal über den See, fast bis zur Badebrücke, eine Schlangenlinie. Als die erste Stange angezündet war, wollten wir mit dem flinken Feuer um die Wette laufen, schafften aber noch nicht mal die Hälfte der Feuerstrecke, da war die letzte Stange vor der Brücke schon abgebrannt.

Hin und wieder angelte ich, meistens am Wolgastsee. Meine Angelrute war eine junge Esche vom Rüdersoll, kurz vorm Zernin. Die Eschen standen dort dicht bei einander und waren schlank und gerade gewachsen. Als Schnur diente mir ein dünner Bindfaden, nur das unterste Stück, an dem der Haken hing, war aus Kunststoff, von uns Quint genannt. Quint und Angelhaken konnte man in der Ahlbecker Seestraße bei Szymanski neben dem Fleischerladen kaufen. Schwimmer schnitzte ich mir aus Pappelborke oder nahm eine Gänsefeder mit einem Korken. Regenwürmer fand ich auf Opas Mistberg. Mein Fang war mit der Ausrüstung natürlich bescheiden. Kleine Plötzen, Rotfedern und Barsche, vielleicht mal ein etwas größerer Blei, manchmal auch Güstern oder Kaulbarsche. Wenn ich Fische mit nach Hause brachte, bekam sie gewöhnlich unsere Katze, die sie stets mit großem Appetit verspeiste.

An einem Sonntagmorgen ging ich mal mit Papa angeln. Seine Angel war auch nicht viel besser als meine. Doch kaum zappelte der Wurm im Wasser, zogen wir eine Plötze nach der anderen heraus, keine Riesen, aber auch keine Katzenfische. Wir hatten eben erst einen neuen Wurm auf den Haken gezogen, da ging das Flott schon unter. Zunächst wunderten wir uns darüber, dass die Rotaugen so gut bissen, doch bald erkannten wir den Grund: es war Laichzeit. Am Ende brachten wir einen großen Beutel voll Plötzen nach Hause, den Mutti uns mit einem lachenden und einem weinenden Auge abnahm, denn jedes Flossentier musste geschuppt, ausgenommen und gebraten werden; damit hatte man eine Weile zu tun. Aber Mutti schaffte das, drehte dann auch noch die gebratenen Fische durch den Fleischwolf und verarbeitete sie zu Fischleberwurst. Ich war als Kind ein mäkliger Esser, aber Fisch mochte ich. Doch ob mir Muttis Fischleberwurst geschmeckt hat, weiß ich nicht mehr.

Irgendwoher hatte ich erfahren, dass kurz vor Garz eine Menge stromlinienförmige Aluminiumbehälter mit der Aufschrift Keine Bombe lagen. Das waren zusätzliche Tanks, die Militärflugzeuge unter den Tragflächen mitführten, um länger in der Luft bleiben zu können. Jetzt aber lagen sie zuhauf in der Gegend herum. Dann hörte ich, dass Opa nach Garz fahren wollte. Ich schwänzte an dem Tag die Schule und fuhr mit. Bei den „Bomben" stieg ich ab. Opa fuhr weiter nach Garz und ich suchte mir zwei schöne Exemplare aus. Als Opa zurückkam, lud ich die Tanks auf den Wagen und konnte nun daran gehen, meinen Plan zu verwirklichen.

Da es mir nicht gelungen war, ein Schlauchboot zu ergattern, wollte ich aus den Tankbehältern ein Segelboot bauen. In jeden Tank schnitt ich ein Sitzloch und verband die beiden Behälter mit aufgeschraubten Brettern zu einem Doppelboot. Mit einer Halterung für den kleinen Mast und einem Ruder am Heck war der Segler komplett. Als Segel diente mir ein dreieckiger Tarnumhang der Wehrmacht und für Flaute hatte ich noch ein Paar Stechpaddel an Bord. Jetzt musste mein Wasserflitzer von Opas Hof zum Wolgastsee gebracht werden.

Der Katamaran war nicht schwer, aber unhandlich. In Lettkes Scheune lagen Flugzeugmotoren und Hilfsgerät vom Flugplatz Garz. Dort entdeckte ich ein Rollgestell, das Hansi Lettke mir borgte. Damit gelang es mir, das Gefährt ans Wasser zu bringen. Ich stellte den Mast auf, setzte das Segel und griff nach der Ruderpinne. Eine leichte Brise blähte den Tarnumhang und trieb meinen Leichtsegler an, bald schäumte ich mit einer kleinen Bugwelle über den See. Was für ein Vergnügen! Den Segeltörn hätte ich gerne öfter gemacht und vielleicht auch mal vom Boot aus geangelt, doch August Rossow, der jetzt den See bewirtschaftete, jagte mich mit meinem Segler davon. Schweren Herzens nahm ich das Doppelboot auseinander, baute mir ein Paddel und paddelte fortan nur mit einem Tankboot auf dem See. Der Transport war nun leichter, das Paddeln aber viel schwieriger als das Segeln. Obwohl ich Steine ins Boot gelegt hatte, bin ich doch öfter mal baden gegangen. Das zweite Boot habe ich Hansi Lettke gegeben, der beim ersten Versuch auch aussteigen musste. Ohne Kiel oder Schwert war unser Alukajak eben ein zu kippliges Gefährt und mir machte das Paddeln auch lange nicht so viel Spaß, wie das Segeln mit dem Doppelboot.

Mein Segelboot mit Mast, Plane und Stechpaddel

Das Leben begann langsam wieder in geordneten Bahnen zu verlaufen. Zunächst waren wir Schüler davon betroffen: Fräulein Strack war versetzt worden. Wir wurden jetzt von Frau Kristoffer und Herrn Mazurek unterrichtet, beide waren keine Neulehrer, aber Neudörfler, also Vertriebene, die jedoch offiziell Umsiedler genannt wurden. Herr Mazurek, der auch Schulleiter war, wohnte mit Frau und zwei Kindern in Schäfers Wohnhaus neben dem Idyll. Seine Tochter Christa wurde Marlenes beste Freundin. Mit den neuen Altlehrern zog wieder ein geordneter Unterricht ohne Prügel in unsere Schule ein.

Der Sommer bescherte uns eine freudige Überraschung: Gerhard und Traudchen mit ihrem kleinen Reiner kamen zurück und wohnten wieder bei uns. Mutti nahm strahlend ihren Neffen auf den Schoß und Opa, der nur selten Gefühle zeigte, war für seine Verhältnisse fast schon aus dem Häuschen. Gerhard fand bald eine Anstellung beim Bauamt in Ahlbeck. Darüber freute sich Papa, denn sein Schwager konnte ihm dort bei der Beschaffung von Baumaterial behilflich sein.

Ich hatte auch schon eine Aufgabe beim Hausbau. Auf halbem Weg zum Wasserwerk lag im Wald ein knappes Dutzend Kiefernstämme, die Papa gehörten. Wie er zu dem Holz gekommen war, weiß ich nicht. Jemand musste nun die Stämme ins Sägewerk fahren. Bis der gefunden war, sahen wir immer mal nach, ob sie noch da waren. Das war meistens meine Aufgabe. Ich trabte also fast jeden Tag in den Wald und sah nach den Baumstämmen, manchmal fuhr ich auch mit einem geborgten Fahrrad. Das ging so etliche Wochen. – Dann waren die Stämme weg.
Papa war aber gar nicht aufgeregt. Hatte er vielleicht sogar gehofft, jemand würde versehentlich seine Stämme abfahren? Er fand sie schließlich in einem der wenigen Sägewerke wieder. Dort wies er sich als Eigentümer aus und übergab eine Holzliste; auf der stand, welche Hölzer aus den Stämmen geschnitten werden sollten.

Wir Kinder bereiteten uns nun langsam auf das Leben der Großen, der Erwachsenen vor. Wenn im Idyll Tanz war, brachten wir uns nebenan im Garten, wo wir die Musik gut hören konnten, gegenseitig das Tanzen bei. Die Mädchen waren dabei sehr geschickt. Manche Jungen konnten nur tanzen, wenn sie wussten, was für ein Tanz gerade gespielt wurde, und kamen dann zu mir. Ich erkannte jeden Tanz an der Melodie: Foxtrott, Walzer, Tango, Rumba – kein Problem.

Zu den meisten Feiertagen fanden Tanzveranstaltungen im Idyll statt, bis auf Karfreitag – der trübseligste Tag des Jahres – da war nirgendwo was los. So hatte sich eine Tradition herausgebildet: Am Karfreitag pilgerte die Dorfjugend aus Korswandt und Ulrichshorst, oftmals gemeinsam, durch den Wald zum Krebssee. Dort wurde die Oberstufe, ein steiler Endmoränenhügel mit prächtigen alten Buchen, erklommen. In den Bäumen hatten sich schon viele Generationen verewigt. Wir taten es ihnen gleich und ritzten unser Monogramm auch in die Rinde der Buchen ein. Irgendwo müssten auch meine zwei Buchstaben stehen, doch nach sechzig Jahren werden sie wohl schon ziemlich verwachsen sein.

An das Schulende kann ich mich genauso wenig erinnern, wie an die Einschulung. Auf dem Zeugnis steht, dass im März 1948 Schluss war. Etwa zu der Zeit sind wir auch eingesegnet worden. Davor hatte uns Pfarrer Jahnke in der Zirchower Kirche Religionsunterricht erteilt. Jahnke, hieß es, sei früher Katholik gewesen. Wir waren wohl keine guten Religionsschüler, denn der Pastor wurde öfter wütend und sagte dann, „heiliger Zorn" würde ihn ergreifen.
Bei der Einsegnung knieten wir alle vor dem Pfarrer nieder und bekamen dafür eine Oblate und einen Schluck Wein; Jochen Mundt aber hielt Jahnkes Hand fest und trank den ganzen Kelch aus. Später zogen wir in zusammengesuchten Klamotten, mit einem alten Filzhut auf dem Kopf durchs Dorf und besuchten gegenseitig unsere Familien.

DEUTSCHE EINHEITSSCHULE
GRUNDSCHULE

Grundschule Korswandt, (2 stufig)

Name der Schule

zu Korswandt.

Ort

ABSCHLUSSZEUGNIS

für Manfred Blunk,

geboren am 10. 3. 34 in Korswandt Kreis Usedom.

Sohn/Tochter des Zimmermanns Otto Blunk,

wohnhaft in Korswandt.

Die Entlassung erfolgte nach Erfüllung der gesetzlichen Schulpflicht

am 20. 3. 48 aus Stufe/Klasse: 8

Beim Abgang wurde das nachstehende Zeugnis erteilt:

Bemerkungen: Sein Betragen war einwand-
frei; Fleiß und Aufmerksamkeit waren
gut.

Mein Grundschulzeugnis …

LEISTUNGEN:

Deutsch mündlich	2	Biologie	2
Deutsch schriftlich	3	Physik	2
Geschichte		Chemie	
Erdkunde	2	Mathematik	2
Russisch		Schreiben	3
Englisch	3	Musik	3
Französisch		Werkunterricht	2
Lateinisch		Handarbeit	
		Zeichnen	2
		Körperliche Erziehung	2

Teilnahme am Kursunterricht:

Teilnahme an freien Arbeitsgemeinschaften:

Versäumnisse: *an* 2 Tage entschuldigt, Tage unentschuldigt

Korswandt , am *28. 7. 48*

A. Majurek Schulleiter *Ilse Christoffer.* Klassenlehrer

Bedeutung der Leistungsstufen: 1 = sehr gut, 2 = gut, 3 = genügend, 4 = mangelhaft, 5 = ungenügend

Nr. 3 M 10 Hansa-Druck-Konau, Rostock B 5510 Abschlußzeugnis für Grundschulen

… mit dem verstümmelten Stempel der Adofschen Volksschule.

Traudchen litt wohl unter ihrer Schwiegermutter, die ihren Sohn vergötterte und versuchte, ihre Schwiegertochter zu bevormunden. So mietete das junge Paar, nachdem es drei Vierteljahre in Korswandt gelebt hatte, eine Wohnung in Ahlbeck. Unser Umzug in Papas Haus, das 1948 erst roh-baufertig war, ließ aber noch auf sich warten.

Ich musste am Ende meiner Kindheit nun überlegen, was aus mir werden sollte, hatte aber keine rechte Vorstellung von meiner Zukunft. Papa und Gerhard rieten mir, Maurer zu lernen. Sie waren beide Zimmerer und meinten, wenn man im Bauberuf weiterkommen wolle, sei Maurer die bessere Berufswahl. So begann ich, von Gerhard vermittelt, bei Maurermeister Karl Müller in Ahlbeck eine Maurerlehre, während Marlene noch ein Jahr lang die Schulbank drücken musste.

Papas Haus, links das Haus von Otto und Ida Bernd.

Marlene 17 Jahre alt

Manfred etwa 1951

manfred.blunk@telecolumbus.net

Berlin 2016